# 便當盒事件簿

謝俊偉◎著
封面插圖◎埃西歐

星期三　值日生：謝俊偉

# 作者序言

這次的《便當盒事件簿》是個非常可愛的環保故事！

大家知道嗎？現在有很多人是因為環保而吃素，這在歐美非常盛行，目前也有一些國小、國中把這樣的觀念帶進營養午餐，就是一個星期會有一、兩天的午餐安排吃全素。

不過這樣一來，有許多愛吃肉的小男生可受不了，像炳昌和他的好朋友榮杰、博懷都無法忍受，於是要求家裡那幾天要幫他們帶便當。

結果炳昌的便當盒有天竟然被人「偷天換日」，調包成沙子。

「為什麼要這樣對我？」炳昌當然非常生氣，一直想把「兇手」給挖出來。

《便當盒事件簿》看完之後，希望同學們都可以學到一些環保的觀念，還有跟環保一樣重要的是……

我們講話也要注重「環保」，除了不要像榮杰一樣愛說髒話以外，也別學炳昌老愛取笑別人喔！

# 目次

# 人物介紹

**周炳昌**：是個非常調皮搗蛋的小男生，他在讀幼稚園時，就是老師頭痛的人物。上了一整年的幼稚園大班，注音符號的前五個還是記不住。每天都在編派理由、動腦筋不去學校、不做功課。上了小學之後，由於校長的理解，以及學校老師的協助，還有同學們之間的情誼，他才慢慢開始喜歡上學。

**李琇琇**：善良但家裡貧窮的小女孩，喜歡接觸小動物，偷偷養著一隻老鼠阿寶，有著很善良的心，是個爛好人，常常被欺負，內心有些自卑。剛開始會因為沒有飯吃，害怕同學知道她家非常貧窮，也害怕自己跟不上其他同學的求學進度，而躲起來不到一年六班。

**劉惠敏**：愛讀書，總是看別人不順眼，連養的寵物豬看起來都趾高氣昂的模樣。有著簡單俏麗的短髮，看似很兇狠，其實內心是很想交朋友的小朋友。因為家中要求她都要考第一名，所以她不太敢和別人交朋友，一心一意都在讀書。

**校長**：看起來很像工友的校長，對於學生的意見比老師的意見更加重視，由於自己以前也很不愛讀書，他覺得不愛讀書的小孩其實是正常的，所以才需要教育。對於討厭上課的學生總多了一份包容，也相信他們有他們的好。

**郭老師**：一年六班級任老師郭玉珠，是個非常有愛心的老師，娘家和夫家都是大地主，每天開著一輛賓士轎車來上班。對於家境比較不好的同學會特別偏袒，導致其他同學和家長的抗議。

**湯榮杰**：坐在周炳昌旁邊的同學，他老是愛說髒話，特別是對周炳昌說髒話。湯榮杰很愛讀課外讀物，和說髒話的外表相當不搭。

**黃博懷**：他喜歡李琇琇，跟她告白卻被拒絕。黃博懷坐在周炳昌的後面，卻老是愛用小小的三角眼斜斜的瞪別人，是個愛瞪人的怪咖。

# 01
# 環保素

這天學校在開校務會議，校長提議校內的營養午餐，為了推廣環保，每個星期要有兩天是全素食。

郭老師一聽校長這麼說，馬上舉手發言：「校長，這個用意是很好，但是有許多小男生沒有肉吃就不行！」

「其實吃素現在已經不是有宗教信仰的人這麼做，而是為了環保，正好也給孩子們一些環保的概念。」校長笑著說。

結果老師們表決，通過每個星期有兩天的營養午餐是全素，郭老師又舉手提議：「那可不可以先不要讓孩子們知道吃的是素食，等過一陣子，再告訴他們這個事實。」

討論過後，大家也同意郭老師這種權宜的做法。

「不過，現在要盡量找機會，讓孩子們知道節能減碳的重要，其實環保素食的由來也是為了節能減碳。」校長說道。

校長自從跟教育部的許多官員到德國考察之後，就對德國政府、乃至於整個歐洲推廣節能減碳印象深刻，回來台灣之後，一直想辦法，讓孩子們從學校教育中自

然而然學會節能減碳。

回到教室的郭老師，也開始跟一年六班的同學們說起環保素、低碳素到底是怎麼一回事？

「郭老師，我知道，我媽媽現在在家裡也盡量做素食給我們吃，減少吃肉的量。」班長劉惠敏興奮的舉手說道，因為郭老師在提的事情，媽媽之前就跟她說過。

「劉惠敏最喜歡說一套做一套！」周炳昌很愛酸惠敏，兩個人老像仇人一樣愛鬥嘴。

「我哪有？」惠敏抗議。

「上次妳也說要環保，就要少用電，我經過妳家，還不是看妳家的冷氣一直開著，還會滴水滴到外面。」炳昌回頭對惠敏做了一個鬼臉。

「你……」惠敏頓時語塞。

「我說對了吧！」炳昌嘻皮笑臉的說道。

「那是因為我爸爸很怕熱，他只要在家，就會把冷氣開得超強，讓我和媽媽都要穿長袖，也不是我們的錯！」惠敏委屈的說。

「找理由！」炳昌一點都不想聽惠敏的辯解。

「好了！炳昌，少說幾句。」郭老師提醒炳昌。

「郭老師，為什麼要減少吃肉？」炳昌疑惑的問郭老師。

「大家都知道現在有氣候變遷的問題嗎？」郭老師順著炳昌的發問，反問起班上同學。

「我知道！」湯榮杰書讀得多，他舉手說：「像現在夏天都比較熱，就是氣候變遷的緣故。」

「還有呢？」郭老師對榮杰說的點點頭，再示意有沒有其他的同學可以補充說明。

「好像是人類的二氧化碳排放量太多。」惠敏同樣是個愛讀書的孩子，她也舉手說上一段。

「大家說的這些，我都不知道是什麼？」琇琇緊張的舉手問老師，她說她完全不知道什麼是氣候變遷，也不知道什麼是二氧化碳。

「沒關係，李琇琇，我也不知道。」炳昌安慰著琇琇，他覺得這一點都不需要緊張，如果都知道的話，就不用到學校上學了。

郭老師也是有備而來，她準備了很大的海報，要跟一年六班的同學們解釋為什麼這幾年環保是非常重要的主流。

就看到郭老師掛在黑板上的海報有人、牛等等動物，郭老師跟同學們解釋說：「像我們人類和其他許多動物，吸氣的時候都是吸進氧氣，吐氣的時候則是吐出二氧化碳。」

「不過人類使用許多電器設備，像是冷氣，就會增加二氧化碳和一些溫室氣體的排放量。」郭老師指著黑板說。

「這樣整個大氣層就會產生變化，造成各地的氣候異常。」郭老師問同學們明白不明白。

「真的耶！這幾年的夏天都愈來愈熱。」炳昌同意的點點頭。

「是啊！這就叫做全球暖化。」郭老師解釋道。

「還有很多地方會莫名其妙下大雪。」坐在炳昌後面的黃博懷也舉起手來表示意見。

「郭老師，所以我們人類就要減少產生二氧化碳嗎？」琇琇跟旁邊的美麗討論過後，舉手問郭老師。

「琇琇說的很對，就是這個樣子。減少排放二氧化碳可以減輕全世界的氣候異常。」郭老師滿臉欣慰的樣子，她覺得一年六班真是「孺子可教也」。

「是美麗跟我說的，不是我自己知道的，我沒有那麼厲害啦！」琇琇有點不好意思的轉頭跟美麗說。

「那我們可以怎麼做，才能幫得上忙呢？」炳昌在座位上直接抬起頭來問講台上的郭老師。

「呵呵！讚！就是等你這句話。」郭老師非常高興有學生為她接下來要說的話「鋪梗」。

炳昌一臉中計、沒好氣的樣子。

「就像剛剛惠敏班長說的，我們可以吃素，盡量少吃肉，因為畜牧業是全球暖化的主要原因之一，畜牧業排放的二氧化碳等等的溫室氣體，占全球的五分之一，

比交通運輸工具產生的還要多。」郭老師指著黑板上的海報說。

郭老師繼續說道：「像德國政府就鼓勵民眾積極的少吃肉來保護環境，對抗全球暖化。」

「可是我沒有辦法不吃肉肉。」炳昌唉聲嘆氣的說道，他說這簡直是太難做到了。

「沒關係，又不是一開始就叫你不要吃肉，只是慢慢的減少而已。」郭老師好聲的安慰炳昌。

「喔……好煩耶！」炳昌一臉頭痛的模樣。

結果學校真的開始實行一個星期有兩天的營養午餐是全素，廚師想辦法將杏鮑菇代替肉塊，炒肉絲的肉絲改成芋頭或是豆皮，學生們也都乖乖的吃了，可能孩子們都不是做菜的人，並不是很警覺到飯菜的內容。

隔了一個禮拜，到了星期二的營養午餐，那天剛好是輪到吃素的日子，一年六班的學生也都乖乖的吃著營養午餐……

「這……這……」炳昌突然像發現新大陸一樣的站在椅子上。

「周炳昌，你吃飯就好好吃，不要在那裡裝神弄鬼的。」班長惠敏要炳昌趕快坐回椅子上。

「騙人！騙人！」炳昌指著營養午餐這麼說道。

「什麼騙人？我們都吃得好好的！」惠敏不明白的說著炳昌。

「這個營養午餐，裡面都沒有肉肉！」炳昌大聲嚷嚷著，唯恐全校的人都不知道一樣。

「真的嗎？」

「現在營養午餐要吃素喔？」

「是因為環保？要對抗地球暖化？」

同學們互相交談起來，跟別的同學研究營養午餐菜色的內容，大家這才恍然大悟，自己已經在吃一個素食營養午餐。

「為什麼要騙我們？」炳昌哇哇叫著。

「怎麼回事啊？」郭老師走進一年六班，正好遇到炳昌在嚷嚷素食營養午餐欺騙他的感情。

「騙什麼騙？學校又沒有說一定要吃有肉的營養午餐！」惠敏班長取笑著炳昌，說他是個肉食動物。

「可是我不能不吃肉啦！」炳昌很生氣的聲明他的「吃法」。

「這個素的營養午餐很好吃！」坐在位置上乖乖吃營養午餐的美麗，稱讚菜色真的很好吃。

「是啊！我很喜歡。有得吃就應該珍惜，不可以嫌東嫌西的。」琇琇也同意美麗的說法。

「我不要！我不要！」炳昌大聲抗議著。

「可是上個禮拜，我們已經吃過兩次全素的營養午餐。」郭老師只好把底牌掀出來。

「什麼時候？」炳昌睜大眼睛問郭老師。

「現在星期二和星期五都吃素食的營養午餐，為降低地球暖化盡一份心力。」郭老師把校長的意思解釋一遍。

「怎麼可以這樣？應該問過我們小朋友才行！」炳昌非常生氣，他覺得好像被

「強迫吃素」。

「這不是強迫吃素，就當一個星期有兩天嘗試新鮮的菜色，這樣不是很好嗎？」郭老師好言的勸著炳昌。

「我不要，我偏不要，以後星期二和星期五，我就不吃營養午餐。」炳昌氣呼呼的宣布。

「我阿嬤說，要嫌就會沒得吃。」美麗怯生生的冒出一句話。

「說得好！說得好！就讓周炳昌沒得吃好了！」惠敏看到炳昌氣成那樣，她反而覺得很好笑。

「郭老師如果先問過我，我也答應郭老師，那我一定乖乖吃，可是郭老師沒有問我們，這樣好像騙人！」炳昌非常「用力」的解釋自己的想法，他覺得這麼嚴重的事情，為什麼別人都不瞭解呢？

「不要理周炳昌，他要餓肚子就自己去餓肚子，我們好好吃我們的營養午餐。」惠敏要同學們趕快吃，不要再講話了。

「炳昌，郭老師和學校都沒有惡意，之所以會先不跟你們說星期二和星期五是素食，是想讓你們先試試看，就怕你們一開始知道那沒有肉，會連碰都不碰，可是廚師有想辦法把肉的口感用其他的食材代替，上個禮拜大家也都吃得好好的，不是嗎？」郭老師試圖跟炳昌商量。

「可是……現在我發現了！」炳昌這麼說時，發現同學們特別是女同學幾乎都沒有多理他，埋頭繼續吃自己的營養午餐。

「爛！」炳昌爆出這麼一句話。

「你在做什麼？我們正在享用我們的營養午餐，你自己不吃，在那裡罵爛，不是影響我們吃飯嗎？」惠敏覺得炳昌簡直是不可理喻。

「炳昌，就當是練習吃環保素，這樣是愛地球的表現喔！」琇琇比較溫和，好言勸炳昌。

「我可以用別的辦法愛地球，我沒辦法不吃肉。」炳昌沒好氣的說道，他說今天就不想吃營養午餐了。

「別這樣啦！不吃這個營養午餐，你今天中午不是要餓肚子了？」郭老師有點擔心的問炳昌。

水。

「別管他，他要餓就讓他自己去餓，我們吃我們的。」惠敏總是愛對炳昌潑冷水。

「炳昌，我這裡有一包泡麵，是抓在手上乾吃當零食，你要不要拿去吃？」湯榮杰好心的從書包裡面掏出泡麵給炳昌。

「謝謝你，你真的是我的好朋友。」炳昌頓時笑顏逐開。

「奇怪了！泡麵還不是素的，你為什麼就吃泡麵，不吃營養午餐？」惠敏說泡麵裡面也沒有肉，還不是素的。

「不一樣，泡麵是零食，就沒有素不素的問題了。」因為炳昌在發「素不素」的音時，很像國語不標準時講「是不是」的發音，一年六班的同學聽到後都笑了出來。

「無理取鬧！」惠敏說炳昌的理由根本說不通。

「你不要吃泡麵，郭老師帶你去學校對面吃碗牛肉麵好了！」郭老師看炳昌這麼堅持吃肉，她也就不想勸他。

「那我也要去！」榮杰舉起手說。

博懷也舉手喊：「我也要去吃牛肉麵，我不要吃素。」

「這……」郭老師頓時覺得自己做出一件蠢事，實在不可以因為孩子不肯吃素的營養午餐，就帶他們出去吃。

「不要理他們，郭老師，妳又沒有做錯，別人都吃得好好的，為什麼獨獨他們三個不肯吃，我媽媽每次都說，這樣的人要把他們丟到非洲，讓他們去餓餓肚子，回來就什麼都肯吃了。」惠敏振振有詞的說。

「妳真的很煩，我看妳媽媽先把妳送到非洲去，看妳回來會不會說這麼多話？」炳昌對惠敏回起嘴來。

炳昌的反應超快，同學們都覺得他說的有點好笑，可是又不想讓惠敏難看，大家都低著頭吃營養午餐，再偷偷的笑。

「榮杰、博懷，可不可以好好的把今天的營養午餐吃完？」郭老師好聲好氣的跟兩位比較好商量的同學說好話。

「算了！我也不要讓郭老師為難，妳不用帶我去吃牛肉麵，我吃泡麵就可以了。」炳昌有點賭氣的說道。

「那我也乖乖吃營養午餐。」博懷覺得自己不要火上加油，要不然看起來很像個野蠻人。

「好……吧……」榮杰則是嘆了很大的一口氣，又繼續吃起自己桌子上的營養午餐。

「有這麼痛苦嗎？」郭老師苦著臉說。

「有！」炳昌、榮杰、博懷則是異口同聲的回答。

「這……我真的要好好想一下了。」郭老師嘟著嘴點了點頭。

# 02 帶便當

因為被炳昌發現營養午餐是素食，而且炳昌堅持他一定要吃肉肉，最後郭老師只好跟炳昌談好，星期二和星期五那兩天的營養午餐，炳昌可以自己從家裡帶便當來學校吃。

「那我也要！」榮杰和博懷異口同聲的要求郭老師，他們那兩天也要帶便當，不願意吃營養午餐。

「好吧！」郭老師只好也答應。

等到下課的時候，美麗在走廊上遇到炳昌……

「你真的是人在福中不知福。」美麗說了這麼一句。

「什麼人在福中不知福？我怎麼了？」炳昌完全沒有會過意來。

「你下回到我家住一天，跟我和阿嬤吃一整天的飯，就知道學校對我們有多好

了！」美麗這麼對炳昌說。

「妳是說吃環保素營養午餐的事喔！」炳昌面對美麗這麼說時，就沒辦法像對郭老師那樣理直氣壯。

「你又不是不知道我家的狀況，有時候一餐只有一塊豆腐，我和阿嬤都吃得很高興。阿嬤常說，有得吃就要謝天謝地了！」美麗有感而發的說，而且她也常常覺得同學們太浪費，吃不完的食物就要倒掉，她很看不慣這點。

「囉唆！」炳昌對美麗做了一個大鬼臉，然後自己跑去找榮杰和博懷，他心想：「這個時候，只有他們兩個最瞭解我！」

「這樣我們一年六班就只有我們三個在吃素的時候，可以帶便當！」榮杰這麼說道。

「是啊！我們要好好去作弄其他人。」炳昌露出賊賊的笑容。

「作弄？作弄什麼？」博懷又習慣性的瞪了炳昌一眼。

「同學們都吃素，我們三個第一天帶便當，就帶雞腿便當，你們說好不好？」

炳昌興奮的問著兩位「同好」。

「好啊！好啊！讓雞腿的香味在班上飄來飄去，這樣他們吃素一定吃得很難過！」博懷這下子收回瞪炳昌的眼睛，眉開眼笑的說道。

「所以我們三個人這次帶便當的主題就是雞腿囉！」榮杰正式的跟炳昌、博懷「宣告」。

「一言為定！」

「就這樣了！」

炳昌、博懷認真的點點頭，心想回家一定要跟煮飯的媽媽說這件事，想到要「勾引」那些吃素的同學，炳昌賊賊的笑容又流露出來。

到了下次的素食營養午餐時間，當班上的同學吃著素食午餐時，炳昌、榮杰和博懷得意的拿出雞腿便當……

「好香喔！」

「突然也很想吃雞腿。」

「看起來好像比我們這種素的營養午餐好吃！」

好幾位同學，特別是男同學非常羨慕炳昌他們三個帶的雞腿便當，覺得那才是

「人間美味」。

「周炳昌，你們三個很煩，自己帶雞腿便當，在位置上好好吃就好了！為什麼要拿到別人的桌上，要人家聞呢？」惠敏班長非常生氣他們三個，覺得那根本就是故意的。

「對！我就是故意的！怎樣？」炳昌毫不猶豫的點點頭承認，他就是故意要這樣子做。

「你無聊不無聊啊？幼稚！」惠敏又罵了一聲。

「這有什麼幼稚？我只是讓同學們看看我的便當菜色，這樣也不行？妳以為當班長就了不起？可以管這麼多？」炳昌哼的一聲，輕蔑的說了許多話，惠敏看起來更生氣。

「你這個人就是這樣，從幼稚園到現在都一樣，只知道自己好不好，從來不會從團體的角度來思考，幼稚、自私！」惠敏一下子說了一大堆。

「帶個雞腿便當也要被妳說自私，真的是很囉唆耶！」炳昌滿臉不耐煩的模樣，感覺上隨時會「火山爆發」。

「別鬧了啦！好好吃雞腿便當要緊！」榮杰出來緩頰，要炳昌別再說，有這麼好吃的雞腿便當，當然要好好享受。

「是啊！我們三個圍在一起吃好了！」博懷把椅子拉到炳昌的桌子旁邊，榮杰也把自己的桌椅向炳昌靠過來。

「好香喔！」吃了第一口的雞腿便當，炳昌又故意發出美味的嘖嘖聲，彷彿那是人間珍品一樣。

「我們的素食也很好吃啊！」惠敏不以為然的說。

「當然好吃，我阿嬤說有得吃就要很感謝學校了。」美麗囁嚅的說了這麼一句話。

「我媽媽也這麼說。」琇琇認真的點點頭。

「哼！你們是苦中作樂。」炳昌覺得那三位女生簡直就是在睜著眼說瞎話，他心想：「我才不相信素的營養午餐好吃！」

「你又不是我肚子裡的蛔蟲，你怎麼會知道我是苦中作樂？」惠敏非常生氣的問炳昌。

「我就是知道！」炳昌好強的說。

「好了啦！再不好好吃，便當涼了就不好吃囉！」榮杰要炳昌和惠敏都好好吃飯，要不然午飯時間一下子就過去。

「我們下次帶便當要帶什麼主題？」炳昌興奮的問榮杰和博懷。

「排骨好不好？我喜歡吃排骨。」博懷這麼答道。

「什麼樣的排骨？」榮杰問博懷。

「排骨就排骨，還有什麼樣的排骨喔？」博懷反問。

「有炸排骨、粉蒸排骨……不一樣的排骨啊！」榮杰點點頭說。

「那粉蒸排骨好了！我比較少吃這種排骨。」炳昌覺得這滿新鮮的，好像電視上的料理比賽一樣。

「我也很喜歡看那個日本的料理比賽節目，每次都覺得好好吃的樣子。」榮杰同意炳昌的看法。

「那我們就來比賽好了！」炳昌提出這樣的建議。

「怎麼比？」博懷問炳昌。

「我們每次出一個主題，回家跟媽媽和阿嬤說，下次就帶那樣的便當，我們來比誰的便當好吃。」炳昌解釋。

「比贏可以怎麼樣？」博懷對於「賽局」，一向要求「嚴謹」，很有科學家的精神。

「輸的人要買小泡麵給贏的人。」小朋友都很喜歡吃那種抓在手上吃的乾泡麵，小小的一包當零嘴，很多小朋友都愛。

「可是我阿嬤說，我最好少吃一點那種東西，阿嬤說那種小泡麵，味精放很多。」榮杰上次抓在手上吃的時候，被阿嬤看到，阿嬤這麼說。

「沒關係，我可以幫你吃！」炳昌和博懷異口同聲的說道。

「這是什麼朋友？」榮杰沒好氣的搖頭。

「那下次就是粉蒸排骨了！比賽正式開始！」炳昌跟榮杰和博懷下達正式的「比賽令」。

那天回家後，炳昌跟媽媽說了粉蒸排骨的事。

「粉蒸排骨？我不會做粉蒸排骨啊！」媽媽說道。

「那妳就去學嘛！我想吃粉蒸排骨。」炳昌沒有跟媽媽說比賽的事情，他只是不斷的央求著要帶粉蒸排骨的便當。

「是啊！我的寶貝孫子要吃粉蒸排骨，妳就去學一下看要怎麼做。」阿嬤也對媽媽說。

媽媽非常小聲的抱怨了一句：「妳自己還不是也不會做粉蒸排骨，就要我去學！」

「妳剛剛在唸什麼？」阿嬤問起媽媽。

「沒事，媽，沒事。」媽媽連忙搖頭。

「那要記得喔！下次帶便當要帶粉蒸排骨。」炳昌「叮嚀」著媽媽。

「你真的是好命！」媽媽唸了炳昌幾句。

第二天，媽媽去菜市場買菜時，遇到了榮杰的阿嬤，她順道問起榮杰阿嬤知不知道該怎麼做粉蒸排骨？

「怎麼也是粉蒸排骨？」榮杰阿嬤說昨天榮杰回家，也要阿嬤下次幫他帶便當的時候要帶粉蒸排骨。

「粉蒸排骨？」在菜市場聽到炳昌媽媽和榮杰阿嬤聊天的博懷媽媽，這時候也加進這個話題，她說博懷也要求帶粉蒸排骨，她正要問人，粉蒸排骨到底要怎麼做才好吃。

「這幾個小鬼在做什麼？」炳昌媽媽覺得這裡面一定有鬼，大家商量一下，讓榮杰阿嬤去問榮杰，比較問得出所以然來。

結果第二天到菜市場，榮杰阿嬤跟其他兩位媽媽說：「我們家榮杰說，他和炳昌、博懷在做料理比賽，星期二和星期五帶便當那天，他們每次要選定一個主題比賽，看誰的便當好吃。」

「這個臭炳昌，不知道老娘煮飯很辛苦，還來給我比賽！」炳昌媽媽氣急敗壞的說道。

「我還要替他去問人，粉蒸排骨到底要怎麼做！」博懷媽媽也很生氣，做個便當竟然這麼累。

「這該怎麼辦？」榮杰阿嬤雖然會做粉蒸排骨，但是她也覺得三個小朋友這次太過火。

「老娘煮什麼，他就要吃什麼！還來給我點菜、比賽，這個臭小子。」炳昌媽媽本來就不是很擅長煮菜，她常常說，情願出去上班，也比待在家裡煮飯、做家事好。

「炳昌媽媽別生氣啦！我們想個辦法反制他們就好，別生氣啦！」博懷媽媽勸著炳昌媽媽。

「對！一定要反制，這實在是太氣人！」炳昌媽媽跟炳昌一樣，有時候很容易「激動」。

「我們就各自做不是粉蒸排骨的便當，讓他們打開來，看到完全不一樣的菜色！」博懷媽媽建議著。

「好！這個好！不是只有他們會動腦筋。」榮杰阿嬤笑得可燦爛，覺得有時候也要「教訓」一下這些不知天高地厚的小孩。

「那我們就各自做各自的，我再寫一張字條給炳昌他們三個，塞在炳昌的便當盒裡面。」炳昌媽媽笑著說道。

「好！」三位婆婆媽媽點點頭，各自往各自的家走回去。

等到要帶便當的那天中午，炳昌三個人簡直是用跑百米的速度，去把自己蒸的便當拿來……

「等等要怎麼比賽？」博懷問道。

「就是三個人的便當輪流吃，看誰的便當最好吃啊！」炳昌說得理所當然的模樣，他覺得比賽就要這樣比。

「好興奮喔！好像在看電視的料理冠軍！」榮杰高興到手足舞蹈，好像真的在電視比賽一樣。

「周炳昌，你們乾脆去別的地方吃飯，可以不可以？」惠敏班長忍不住對炳昌他們三個說道。

「為什麼？」炳昌說自己吃便當有礙著別人嗎？

「你們都很吵！而且故意要說得很大聲，炫耀自己的便當。」惠敏覺得自己是班長，本來就要讓大家有個好好吃中飯的環境。

「現在是吃午飯時間，又不是上課時間，妳管太多啦！」炳昌沒好氣的向惠敏做個鬼臉。

「那你們可以不要拿自己的便當去別的同學面前炫耀嗎？」惠敏反問炳昌他們三個。

「這樣也不行嗎？」

「妳真的很囉唆！」

「如果你們真的覺得自己的素便當好吃，為什麼要怕我們炫耀？」

炳昌三個人向惠敏回嘴，尤其炳昌最後一句話，讓惠敏聽了好像七竅生煙一樣，快要吃不下飯。

「我不要理你們！我要好好享受我的素食營養午餐。」惠敏坐下來，真的好好吃起午飯。

「終於可以吃我們自己的便當。」炳昌開心的說。

「等等我們喊一、二、三，然後一起打開便當，好嗎？」博懷問著。

「好啊！然後我們就會看到三份好吃的粉蒸排骨！」榮杰邊講，口水都要流出來了。

「等等！打開便當之後，我們都先不要吃，讓班上同學參觀一下我們好吃的便當，怎麼樣？」炳昌還是不放棄要去「招惹」別人。

「別啦！惠敏班長會生氣，好不容易要她閉嘴！」博懷要炳昌別這樣，如果把惠敏惹火了，反而影響他們料理比賽的進行。

「好吧！算了！那就開始吧！」炳昌點點頭。

博懷開始喊著：「一、二、三……打開便當！」

可是打開便當後，三個小男生都嚷嚷著：「怎麼會這樣？」

# 03 流血

「為什麼會這樣？」炳昌哀號著，因為他們三個人的便當是各帶各的，完全沒有粉蒸排骨。炳昌是炸排骨便當，榮杰是滷雞腿，博懷則是蝦捲。

「怎麼搞的，不是跟阿嬤說過要帶粉蒸排骨！」榮杰看著滷雞腿，不明白說好的粉蒸排骨到哪裡去？

「炳昌，快看你的便當，裡面好像有個小布袋！」博懷提醒炳昌，快打開來看看。

「對耶！」炳昌在自己的便當盒，抓出一個防水小布袋，裡面好像還裝了什麼東西。

「炳昌媽媽是把廟裡的平安符，放到便當盒裡面去蒸嗎？」榮杰湊過來好奇的問道。

「什麼平安符？那種平安符不是紅的就是黃的，我媽沒那麼笨，好嗎？」炳昌覺得榮杰這番話簡直好笑到了極點。

「可是……裡面真的像是有紙。」炳昌把防水布袋拿出來，發現好像有張小紙條。

「上面還寫了字。」博懷要炳昌趕快唸出來。炳昌說自己認識的國字不多，要榮杰唸。

「親愛的炳昌、榮杰和博懷……」榮杰唸道，然後跟其他兩位男生面面相覷，他們完全沒想到炳昌媽媽還會在便當盒裡放上字條，對他們說話。

榮杰清了清喉嚨，繼續唸著：「媽媽和阿嬤每天煮飯很辛苦，我們煮什麼，你們就吃什麼。少囉唆。」

「她們發現我們在比賽嗎？」博懷聽到這張字條的內容，緊張到頭皮發麻，覺得渾身都不對勁。

「可是我媽不知道我們在比賽啊！」炳昌心想，除非他說夢話的時候被媽媽聽見，要不然她怎麼會知道他們三個在做便當比賽的事情。

「我……我阿嬤問過我……」榮杰突然想起來前幾天阿嬤有問他為什麼要帶粉蒸排骨，他不疑有他，就實話實說。

「你……你……你就是那個說實話的小白痴！」炳昌拍了榮杰的肩膀一下，說他怎麼一點警覺性都沒有。

「阿嬤問我為什麼要帶粉蒸排骨？我就很自然的說了，我怎麼知道她們三個會串通好？」榮杰不明白的反問。

「太可怕了！她們三個竟然還會湊在一起，聊聊便當盒要帶什麼菜，那我們別比賽了！好好吃就好！就像炳昌媽媽說的，她帶什麼，我們就吃什麼好了！」博懷顫抖的說道。

「你怕什麼？有這麼可怕嗎？」炳昌嘲笑博懷是個膽小鬼，一張小紙條就嚇成這樣。

博懷理都不理炳昌，抓起便當乖乖的吃起來；榮杰看到博懷的樣子，也安分的吃起便當。

「哈哈哈，炳昌媽媽真是英明，本來就不應該讓死小孩牽著鼻子走！」惠敏好像從頭到尾都豎起耳朵聽炳昌他們三個的討論，她在一旁幸災樂禍的嘲笑炳昌，逃不出媽媽這個如來佛的手掌心。

「不要妳管！」炳昌哼的一聲，理都不理惠敏，抓起便當埋頭用力吃，一句話都不吭。

「你們三個活該，好好的營養午餐不吃，自己要帶便當，還要給媽媽和阿嬤找麻煩，她們一定是在菜市場買粉蒸排骨的材料遇到，就發現你們三個的詭計，真是偷雞不著蝕把米！」惠敏繼續嘲笑炳昌他們三個。

「妳回自己的位置去吃飯，可不可以？」炳昌用博懷最擅長的方式，斜斜的瞪了惠敏一眼。

「周炳昌變成黃博懷，他也會斜眼瞪人囉！」惠敏故意大聲的說道，其他同學則是哈哈大笑，說炳昌氣急敗壞、沒有風度。

「爛！沒有同學愛。」炳昌嘟著嘴，低頭好好的吃自己的便當，還邊埋怨媽媽真的有夠狠！

「那……今天回家該怎麼辦？」博懷還是非常緊張的問著炳昌和榮杰，他有點怕自己媽媽會不高興。

「假裝沒這回事就好了！」炳昌皮皮的說。

「對呀！我們就照炳昌媽媽說的，她們煮什麼我們就吃什麼，但是什麼話也不要說。」榮杰也點點頭同意。

「唉……」博懷嘆了好大的一口氣。

「啊！」炳昌這時候哀號了一聲。

「怎麼了？」榮杰以為炳昌媽媽又埋了一張字條在炳昌的便當盒當中。

「我的牙齒又開始搖了。」炳昌本來已經掉了一顆門牙，另外有一顆門牙也開始搖動。

「喔……我還以為你媽又埋了一顆炸彈在你的便當盒當中。」榮杰苦笑的對炳昌說。

「我媽說我後面的牙齒蛀得很厲害，她要帶我去看牙醫拔掉。」炳昌用手去搖那顆會晃的牙齒。

「你別搖你的牙齒啦！我媽媽說這樣不好，讓牙醫去處理就好。」博懷勸著炳昌。

「我不喜歡去看牙醫。」炳昌苦著臉說道。

「沒有人喜歡去看牙醫。」榮杰滿臉深有同感的樣子。

「快吃啦！午餐時間快結束！」博懷提醒著另外兩位同伴。

「會不會吃一吃，牙齒就掉進便當盒裡面變成菜。」炳昌好奇的問著其他兩位，又用手去搖自己晃動的門牙。

「周炳昌，你真的很噁心！」惠敏做出噁心的表情。

「我又沒說給妳聽，是說給榮杰和博懷聽的。」但是炳昌又恢復賊賊的笑容，媽媽的字條他已經抛在腦後。

到了晚上回家，炳昌也沒跟媽媽提字條的事情……反倒是炳昌媽媽很好奇自己的字條發揮什麼作用？

「今天的便當，你喜歡嗎？」炳昌媽媽也露出賊賊的笑容。

「便當就是那樣，有什麼喜歡不喜歡的。」炳昌回答道，他知道媽媽其實要問的是別件事。

「你們三個有看到我寫給你們的字條嗎？」炳昌媽媽好奇的問著炳昌，她很想知道三位小朋友有什麼想法。

「有啊！」炳昌心不在焉的點點頭。

「那你們討論得如何？」媽媽問炳昌。

「我們沒有討論，只有遵命。」炳昌像個小大人一樣的回話。

「喔……」媽媽心滿意足的笑著。

「你媽就是這樣，她每次都不是要跟你討論事情，而是要你遵命。」炳昌的爸爸在客廳，邊看報紙邊取笑自己的太太。

「炳昌爸爸，我在教育孩子，你別在那裡插嘴，好嗎？」炳昌媽媽氣呼呼的說道。

「妳看、妳看……就是這樣，這是在討論事情嗎？就是要我聽妳的罷了！」炳昌爸爸像是抓到現行犯一樣的對自己太太說。

「反正，小孩子就是媽媽煮什麼就吃什麼，不要花樣一大堆，媽媽煮飯已經很累了，要體諒媽媽的辛苦，知道嗎？」炳昌媽媽懶得跟自己先生說，回過頭叮嚀著炳昌。

炳昌吭都不吭一句。

「我說的話，你聽到嗎？」媽媽不放棄的問炳昌。

「知道了！」炳昌心不甘、情不願的應話。

「炳昌，你現在知道吧！女生就是這樣煩，對不對？」炳昌爸爸偷偷的跟炳昌做個鬼臉，還在臉上用手畫出三條線。炳昌也用手做出三條線的手勢，跟爸爸示意、表示贊同。

「我在教孩子，你不要在那裡扯我後腿！」媽媽吼了一聲，炳昌和爸爸馬上正襟危坐，什麼話都不說了。

「女生真的很麻煩！」炳昌在心裡做出這樣的結論。

隔了幾天，炳昌在上學的時候，到廁所去上大號……

「啊！」一進到廁所，炳昌就嚇得大聲尖叫，往一年六班的教室跑去。

「炳昌，怎麼了？」看到驚惶失措的炳昌，郭老師緊張的問炳昌，擔心他又遇上壞人。

「我……我……我剛剛在廁所……」炳昌上氣不接下氣的說。

「怎麼了？怎麼了？遇上什麼事情？」郭老師愈聽愈緊張。

「我看到有血在廁所和垃圾桶。」炳昌嚇得說道。

「喔……那是……」郭老師明白是怎麼一回事。

「真的，郭老師，我沒有亂說！真的有血在廁所裡。」炳昌信誓旦旦的說，深怕別人不相信他。

「其實那應該是高年級女生的月經。」郭老師覺得這也是個機會，就跟同學們解釋一下。

「月經？那是什麼？」炳昌不解的反問。

「因為女生長大了，就像你們的媽媽，可以生出小baby，所以她們在肚子的子宮裡，會有一層保護小baby的保護膜。」郭老師在講台上，拿著粉筆稍微畫了幾個圖跟小朋友解釋。

「成熟的女生，假如那個月沒有受孕，那層保護膜會自動脫落，就是月經，排出體外會有血色。」郭老師這麼說道。

「有啊！我小時候媽媽就說，我包大尿布，她包小尿布，小尿布就是月經來的時候，媽媽要用的。」惠敏說起小時候媽媽對她說的話。

「是啊！電視上也有廣告這種小尿布。」郭老師想到有「小尿布」這樣的說法，她也跟著笑了出來。

「可是……」炳昌還是有點難以置信，他上學那麼久，第一次在廁所看到這樣的情況。

「應該是有哪位高年級的女生或是學校的女老師，正好來到低年級的班上使用廁所。」郭老師說道。

「喔！女生真的很麻煩！」炳昌最近不斷的得到結論，女生是一種很麻煩的動物。

「不可以這麼說！就像炳昌的媽媽一樣，女生在生理上就是跟男生有不同的地方，這樣才能生出炳昌這樣的小朋友。」郭老師對所有的同學說，要尊敬不同性別有不一樣的生理構造。

「郭老師，炳昌每次都嫌我們女生很麻煩！」惠敏舉手跟郭老師說，她最近老是聽到炳昌這麼說。

「妳看、妳看！女生很愛告狀，這不是很麻煩嗎？」炳昌指著惠敏很大聲的跟全班說。

「才沒有，是你很愛惹我們。」惠敏說炳昌就愛到處去招惹別人，等到把別人惹火，就說別人麻煩。

「女生就是很麻煩！」炳昌雖然不說話，但是在心裡重複這句話，他希望自己一定要找出辦法，讓女生不要麻煩到他。

「好了，那我們要來上課！」郭老師要惠敏別再說，今天有些好玩的東西要教給一年六班的同學。

「一人一天一公斤減碳生活！」郭老師拿出一張學校做的大海報，用吸鐵貼在教室黑板的最右邊。

「嗯……我有看到我家附近的公布欄，也有環保署貼的這種海報！」榮杰舉手說道。

「是啊！這是環保署推動的活動。」郭老師點點頭。

「好羨慕，榮杰認得很多字，連公布欄貼的海報他都知道裡面寫什麼。」琇琇非常羨慕的說。

「我也認得，我可以教妳。」惠敏對琇琇這麼說。

「那也教我。」美麗附和的說道，惠敏也點點頭。

「女生最好了！都會互相幫忙，女生才不麻煩！」惠敏故意說給炳昌聽，她真心這麼覺得。

「是！是！妳們女生是高等動物，就愛吃素、減碳，這樣可以嗎？」炳昌沒好氣的說。

「我媽媽說，女生本來就比男生懂事，現在大家都情願生女生，因為比較貼心。」惠敏信誓旦旦的說道。

「哪有？」

「就是這樣！」

「妳們就愛自己說自己好！」

班上的男生和女生突然槓起來，紛紛說起自己好、對方不好，吵得不可開交，

讓郭老師在講台上好不尷尬。

「一年級的小男生和小女生，連減碳生活都可以吵起來！」郭老師搖搖頭，低聲的、苦笑著說。

「郭老師，妳在說什麼？」炳昌坐得很前面，聽到郭老師在自言自語，他反問郭老師。

「沒有、沒事……」郭老師拚命的搖頭。

# 04 吃飯就好好吃飯

就在郭老師準備上課的時候，校長突然拿著推車經過一年六班的走廊……

「嗨！校長，你好！」炳昌看到他的「麻吉」，很開心的跟校長打招呼，校長也跟班上同學揮揮手。

「校長，剛好……請留步！」郭老師看到校長，就走出教室外面，請校長進來跟一年六班的同學們談談。

「喔！你們在上減碳課程！」校長看到郭老師貼的海報，他就知道郭老師的用意。

「想請校長跟班上同學談談，畢竟這個減碳課程是校長非常重視的重點項目。」郭老師對校長說。

「對啊！我就是始作俑者。」校長邊說自己還笑得很大聲。

「什麼是始作俑者？」炳昌不明白的問校長。

「就是最初有這個想法的人，周炳昌你都不看書喔！」惠敏很愛戳炳昌不愛讀書的弱點。

「盡量問、盡量問，校長喜歡你們問我問題。」校長不以為意的說道，還邊把推車放好。

「校長這個始作俑者真的很像工友，每次都推個推車。」炳昌笑咪咪的對校長說。

「你這個人會不會說話？什麼始作俑者很像工友，文不對題。」惠敏揶揄著炳昌。

「沒關係，校長還滿想當工友的，退休以後，正準備來學校當義工工友。」校長笑得更大聲。

「校長，跟孩子們談談，為什麼要推動一人一天一公斤的減碳生活！」郭老師拉回正題。

「其實這不是我發明的，而是環保署的活動，校長希望透過學校的教學，能讓同學們在生活中落實減碳生活，並且能夠進一步的影響家人。」校長提了提去德國參觀的經過。

「第一個減碳撇步就是多吃蔬食少吃肉，每天至少一餐不吃肉，馬上就可以減碳0.78公斤！」郭老師指著海報上的第一個減碳撇步。

「那個一公斤還是0.78公斤到底是什麼？」琇琇不明白的問道。

「我也不知道，正想問郭老師和校長。」炳昌附和著琇琇的問題，許多同學也說對那個數字沒概念。

「很好！一年六班的小朋友，這個問題很好。」校長很開心的回答：「這個公斤數，指的是二氧化碳的排放量，你們知道為什麼要減少二氧化碳的排放量嗎？有誰知道？」

炳昌很快的舉手說：「這我知道，上次郭老師有說過，因為二氧化碳會讓地球變熱，如果少一點二氧化碳排放出來，就可以讓地球變得比較健康。」炳昌得意洋洋的說著。

「炳昌好棒喔！」琇琇替炳昌拍拍手。

「上次郭老師就說過，這有什麼了不起的？我也會！」惠敏不以為然的撇過頭去。

「只要多一個人知道怎麼幫助地球，這個地球就多一份希望，大家也就更能過好日子，所以要愈多的人知道這樣的訊息愈好。」校長微笑的跟一年六班的同學們解釋。

「以後我們隔幾天就會教大家一些減碳撇步，同學們要記下來，跟其他人宣導這些觀念。」郭老師提醒大家。

「可是一天吃兩餐素食，減碳就超過一公斤！」博懷的數學很棒，他算了算後，提出來問郭老師。

「一人一天一公斤減碳生活，是說要民眾一天至少減碳一公斤，超過當然更好。」郭老師笑道。

「這個問題也很棒！不是說要大家做到剛好一公斤減碳，而是至少一公斤。」校長點點頭說。

「只要一餐吃素，就已經減碳0.78公斤，只要再0.22公斤就達成目標，好像也不難！」博懷又算了算說。

這個時候，下課鐘也剛好敲了，一年六班的同學也要準備吃營養午餐，今天剛好輪到吃素食營養午餐的時間……

「大家今天都減了最少0.78公斤的碳，只有我們三個沒有減到。」只要跟數字有關的事情，博懷的腦筋就特別靈光。

「那是怎麼樣？你要背叛我們？跟惠敏那些很麻煩的女生一起吃素嗎？」炳昌反問有點動搖的博懷。

「又不是只有女生吃素，班上很多男同學也吃素食營養午餐。」博懷「修正」炳昌的疑問。

「地球又不差我們一個。」炳昌不以為意的說。

「嗯……是這樣嗎？」博懷懷疑的問炳昌。

「大家不要忘記要……」這個時候惠敏班長開口了。

「謝謝爸爸，謝謝媽媽，老師請用，同學請用，大家開動！」一年六班的同學們一起喊道。

「惠敏就是很囉唆，這種事也要規定全班一起喊！」炳昌繼續抱怨惠敏，覺得這樣很肉麻。

「這有什麼肉麻？這是有禮貌，就像在家裡吃飯，也要說阿公請用、阿嬤請用才對！」惠敏堅持著。

「可是郭老師也不在，還要喊老師請用，不是很好笑？」炳昌覺得這簡直是多此一舉。

「郭老師有時候也會在教室，就算不在教室，她也會在教師休息室。」惠敏很堅持要喊老師請用。

「我就是不要喊，我想吃便當就吃。」炳昌才不理惠敏，他覺得連吃飯都這麼麻煩，實在是太辛苦。「吃飯就好好吃飯，為什麼要囉唆一大堆？」炳昌還補上這麼一句。

惠敏偷偷把炳昌這樣的行為記錄下來，她打算過一陣子，去跟郭老師報告。就在惠敏偷記的時候，炳昌故意從她旁邊走過說：「要記下來打小報告，對不對？」把惠敏嚇了一大跳。

結果那天吃過便當後，第二天榮杰和博懷在下課的時候，拉著炳昌到「祕密基地」去談談……

「什麼事啦！快說，我忙著要去玩！」炳昌這陣子，一下課就用飛快的速度到操場旁邊的籃球場玩，他不是玩籃球，而是喜歡在籃球架上爬來爬去，自己一個人玩得很樂。本來下課鈴一響，他就打算跑到籃球架去，結果被榮杰和博懷攔截，硬是拉著他到祕密基地。

「我們兩個……想要吃素食營養午餐！」博懷不好意思的跟炳昌說，榮杰也在一旁點點頭。

「什麼？你們兩個要吃素！」炳昌非常難以置信，因為他一直以為榮杰和博懷和他一樣愛吃肉肉。

「我們想要過減碳的生活，當個文明人。」榮杰說出自己的想法，其實這樣的環保書他之前看過許多，只是學校這麼一強調，他就想從自己的日常生活中確實做到。

「你們是說我不是文明人嗎？」炳昌還是想吃肉肉便當，他並沒有念頭要吃素

食營養午餐。

「不是啦！只是想跟校長一樣，過一人一日一公斤減碳生活，很想跟同學們一起做。」榮杰要炳昌別誤會。

「你們拋棄我！」炳昌嚷嚷。

「沒有！炳昌如果真的很想吃肉肉，還是可以要媽媽繼續帶便當。」博懷說不會勉強炳昌跟他們一樣。

「我當然不會勉強。我從來都不勉強自己。」炳昌非常慎重的說道，但是他已經有孤零零的感覺。

「你不會覺得我們兩個是沒義氣的朋友吧！」榮杰緊張的問炳昌，博懷也滿臉不好意思的模樣。

「會！我就是這樣覺得！」炳昌很大聲的叫著。然後炳昌一個人跑到籃球架那裡自己玩。

隔了幾天，炳昌在吃素食營養午餐的那天，還是帶了媽媽自製的便當來學校……

「周炳昌，全班只有你一個人帶便當，其他同學都吃素食營養午餐囉！」惠敏像發現新大陸一樣的對炳昌叫囂。

炳昌一句話都不說，繼續埋頭吃自己的便當……

「惠敏班長，妳不要這樣，大家都可以自己做自己喜歡的事情。」榮杰幫炳昌說了句話。

「可是他這樣是不環保啊！我們一頓午餐就減碳0.78公斤！」惠敏滿臉正義的說。

「就算炳昌不吃素，他還是有別的減碳方法，一天減碳一公斤以上！」博懷覺得惠敏的說法有語病。

「他減了哪些？」惠敏挑釁的問。

「我為什麼要跟妳報告？」炳昌氣嘟嘟的說。

「你可以說來讓我們參考、參考啊！總統先生，讓我們跟你學習其他減碳的方法！」惠敏用很做作的聲音，怪聲怪氣的揶揄炳昌。

「哼！」炳昌拿著便當盒，自己就往祕密基地去。

榮杰和博懷見狀，也端著餐盤、呈著素食營養午餐，跟著炳昌到祕密基地去吃飯。

「你們為什麼要跟過來，你們就跟惠敏去吃素好了！」炳昌沒好氣的怪著榮杰和博懷。

「我們就算吃素，也跟你比較好，我們是剪刀、石頭、布小組的成員，老師說要盡量在一起，不要讓同學落單，尤其是祕密基地這裡，人比較少，一定要跟你緊一點。」榮杰解釋道。

「是啊！」博懷也同意榮杰的說法。

炳昌不發一語的在祕密基地的階梯上吃便當，榮杰的話讓他覺得好過許多，不會有被拋棄的感覺。

「你不要理惠敏，就像我剛剛說的，你還是可以用別的方法，一天減碳一公斤以上，不一定要用吃素的方式。」博懷跟炳昌好聲好氣的說。

「嗯！郭老師再教我們減碳的方法，我就好好學起來。」炳昌心甘情願的說道。

結果當天郭老師教同學的減碳方式是……在五百公尺短程距離內，以腳踏車代替機車和汽車。

「郭老師，用走路也算嗎？」炳昌舉起手問郭老師，郭老師說這當然算了，走路是更好的方法。

「可是我們本來就用走路的方式來學校，這樣就沒有減到碳！」炳昌認真的跟郭老師說。

「可以要爸爸、媽媽和其他的家人這樣做！」郭老師提議。

「我減碳囉！我和阿嬤都用走路的。」美麗笑著說，她發現沒錢就自然而然的節能減碳。

「不是說沒錢，是節儉。本來節儉就是節能減碳的行為。」郭老師認同的點點頭。

「可是……郭老師……」炳昌突然想了起來。

「請說。」郭老師指了指炳昌。

「郭老師，妳都開超級大台的賓士轎車來學校，這樣非常浪費碳！」炳昌很認

真的提醒郭老師。

「這……這……」郭老師頓時語塞。

其他同學都有點替郭老師緊張，好像炳昌戳了郭老師最大的痛處一樣。

「我會檢討的，炳昌，你說得一點都沒錯，我這樣的行為很不減碳。」郭老師紅著臉說。

「郭老師明天要騎腳踏車來學校？」炳昌很積極的問道。

「好……吧……」郭老師面有難色的同意。

「那這樣省下來的碳公斤數，可不可以算到我這一份？」炳昌煞有其事的問郭老師。

「喔！周炳昌，你這個人說自私還真的很自私，說幼稚是全世界最幼稚，那是郭老師自己的那一份，為什麼要算到你頭上？」惠敏不明白的反問炳昌，覺得他要減碳公斤數已經要到「瘋」的地步。

「不行喔！」炳昌難過的低下頭。

「那……我規定我爸騎腳踏車上班，這樣總可以算到我的減碳公斤數吧！」炳昌突然想了起來。

「你真的很斤斤計較！」惠敏聽到炳昌這麼一說，她覺得炳昌簡直是有減碳焦慮症了。

「大家不要太勉強，量力而為，不要那麼執著數字。」郭老師苦笑著對一年六班的同學們說。

# 05 女生的名字

第二天一早上學，校長在校門口遇到郭老師……

「真是稀奇，我們郭老師今天怎麼沒有開車來上學？」校長好奇的問道，因為他正好遇上騎腳踏車來學校的郭老師。

「昨天在教班上同學減碳，炳昌說我開的車那麼大台，非常不減碳。」郭老師苦笑著說。

「哈哈哈……炳昌也沒說錯！教學相長啊！」校長直說當老師就是這樣，一定要從自己做起。

「是啊！上課時候直接拆我的台，就是小一學生會做的事情。」郭老師苦笑著搖頭。

「炳昌現在還是不吃素食營養午餐？」校長問起郭老師，他其實想找炳昌來聊聊，不過也不希望孩子覺得是被強迫吃素。

「榮杰和博懷都開始吃班上的素食營養午餐，只有炳昌還是要媽媽準備便當。」郭老師跟校長解釋。

「這麼強硬？很像炳昌的作風。」校長說炳昌這個孩子不能勉強，一定要他自己想通。

「不過他很認真計算減碳的公斤數。」郭老師說炳昌的斤斤計較，已經到了偏執的地步。

「郭老師，妳好棒喔！」炳昌進校門口時，看到郭老師騎腳踏車，馬上拿出一張小紙條。

「這是什麼？」郭老師好奇的問炳昌。

「是我爸爸幫我上網找的資料，我自己記下來。」炳昌認真的查字條上的數字，還忙著跟郭老師解釋。

「真的！很多畫畫的圖案以及數字。」郭老師低下頭看字條，發現炳昌用鉛筆在便條紙上寫了一大堆東西。

「騎腳踏車……上下班來回不開車是2360克，超級多的！」炳昌哇哇大叫，他說這樣一天的減碳額度就達成了。

「你知道2360克是兩公斤又360克嗎？」校長在一旁做機會教育，認真的解釋給炳昌聽。

「我知道，爸爸昨天有教我。」炳昌對校長點點頭。

「真是不好意思，開車真的會排出很多二氧化碳！」這回換郭老師有點不好意思，她心想炳昌說得還算少，她開大車，應該耗碳量更高。

「太賺了，只要一天不開車，就賺到兩公斤以上的減碳量，太賺了！實在是太賺！」炳昌直搖頭說郭老師可以回家去，今天的減碳額度已經達到，連明天那一份都達成。

「你在說什麼？我騎腳踏車來就是去一年六班上課，怎麼可以減碳公斤數達成就回家！」郭老師笑說炳昌有點走火入魔。

「我等等要博懷教我加法，因為要把減碳公斤數全部加起來，才知道達成多少。」炳昌一說完就直奔一年六班教室，把校長和郭老師拋在腦後。

「孩子就是這樣。」望著炳昌的背影，校長和郭老師相視而笑，覺得減碳還可以促進學生學加法，也是一件好事。

隔幾天中午，一年六班教室還是只有炳昌一個人帶便當來，但是他邊吃便當邊練習加法……

同學們都在喊：「謝謝爸爸、媽媽，老師請用，同學請用，大家開動。」只有炳昌低著頭。

「你為什麼不喊？」惠敏班長問炳昌。

「別吵我啦！我在吃便當又要練習加法。」炳昌揮了揮手，要惠敏不要囉唆、打擾到他。

「你一定要喊，不可以只有你一個人例外。」惠敏今天也不知道是怎麼回事，硬要炳昌跟著喊。

「臭女生，妳自己是吃素的尼姑，不要管我這個吃肉的。」炳昌這句就喊得非常大聲。

全班安靜無聲，炳昌看惠敏氣到漲紅臉，他反而更得意的說：「女生，妳的名

字是尼姑！」由於炳昌喊得怪腔怪調的，同學們被他逗得大笑起來，惠敏更是氣個半死。

「尼姑、尼姑、尼姑……」炳昌站起來，一個個指著班上的女生說她們都是尼姑。

「你……你……」惠敏氣到說不出話來，炳昌反而接著她的話說：「不是你你你，是尼……姑……」炳昌又把這個梗玩一遍。

從那天以後，炳昌只要看到女生就喊她們尼姑，故意逗班上的女同學，除了惠敏以外，琇琇和美麗聽了也都是哼的一聲，理都不理炳昌。

結果有一天上課，郭老師指著海報，講到第三個節能減碳的撇步是「節能省水看標章」……

「那是什麼東西？」

「完全不知道？」

「好難喔！」

一年六班的同學們紛紛跟郭老師說，完全沒有概念那是在講什麼東西？要郭老師解釋清楚一點。

「這是要同學們回家跟媽媽說，要選用環保標章的洗衣機，節能又省水。」郭老師說環保標章是衛生署頒的，在衛生署的網站上也可以查詢。

「可是我家沒有洗衣機！」美麗不解的問道。

「那你們家怎麼洗衣服？」炳昌好奇的問美麗。

「我跟阿嬤會拿到一口井的旁邊用手洗，現在我長大了就要阿嬤在旁邊休息，我來洗就好。」美麗解釋給班上同學聽。

「美麗真好。」郭老師點點頭。

「所以平常都不會玩太髒，要不然衣服會很難洗乾淨。」美麗說衣服是自己洗的，就會特別留意。

「我媽也說，我把衣服弄得這麼髒，下次要我自己去洗衣服，就知道有多難洗。」炳昌覺得很奇妙，美麗和媽媽說的都一樣。

「我們家也沒有洗衣機，也是用手洗。」琇琇附和美麗的說法，她媽媽說洗衣機是奢侈品，家裡暫時不需要。

「可是……這個第三條撇步，是要我們家換洗衣機的意思？」榮杰不明白的問郭老師。

「不是啦！是同學家裡如果要換洗衣機，記得上環保署的網站查一下，因為洗衣機很耗電、又耗水，如果汰舊換新，就選擇節能減碳的機種，也是幫助地球。」郭老師解釋道。

同學們還是一臉不明白的樣子，郭老師就指著另外一條撇步說：「接下來這點，大家就要常常做到了。」

「自備杯筷帕與袋！」榮杰跟著海報上的字唸出來。

「是啊！大家平常要自備杯子、筷子、手帕和購物袋。」郭老師仔細的解釋給同學們聽。

「我爸爸上班，一定會帶環保筷，他中午跟同事出去吃飯，就把環保筷拿出來用。」炳昌立刻舉手說。

「那手帕呢？」美麗問起老師。

「老師這裡有準備……」郭老師把她的環保袋打開，原來她送給同學每人兩條

很小的方巾，要同學們平常可以帶著擦汗。

「好可愛喔！」惠敏一看到郭老師掏出來的方巾，她就非常喜歡，那跟一般的毛巾不太一樣，尺寸小很多，但是放在口袋擦汗真的剛剛好，又有很多顏色可以選擇。

「等下同學們一個個來前面，隨機拿兩條方巾。」郭老師開心的跟同學們宣布，那可是她去批發市場買來，送給一年六班同學的小禮物。

「可以挑喜歡的顏色嗎？」琇琇問道。

「我也想挑！」

「對，我也是。」

很多同學附和，特別是女同學比較想挑自己喜歡的顏色。

「大家閉上眼睛抓兩條，私底下再去跟其他同學換。」郭老師為了公平起見，不準備讓同學自己挑喜歡的顏色，這樣可能會沒完沒了。

幾位女同學開心的在座位上躍躍欲試，很想趕快拿到自己的小方巾，還互相討論喜歡什麼顏色。

「這有什麼了不起？我才不希罕，這種小毛巾跟我家的抹布一樣！」炳昌不以為然的說道。

「你真的人在福中不知福。」美麗幽幽的說了一句。

「是啊！真的是……應該要送到非洲去。」惠敏也附和美麗的說法，「重申」炳昌真的很幼稚。

「我又沒說錯，我家的抹布都是用這種小毛巾做的。為什麼要拿抹布來擦汗？」炳昌堅持自己的說法。

「炳昌就是愛現。」惠敏又罵了一句。

「尼姑，妳囉唆什麼？」炳昌也「反擊」回去。

「你為什麼又說我是尼姑？」惠敏抗議。

「吃素的女生本來就是尼姑。」炳昌故意說得很大聲，還對琇琇和美麗她們做個大鬼臉。

「郭老師，妳看周炳昌啦！」惠敏頓時跟郭老師直接告狀，不過郭老師光是忙同學陸陸續續來拿小方巾就忙得不可開交，沒有太注意到惠敏、炳昌他們在說些什麼。

「對了！我剛剛想到，上次跟我阿嬤去廟裡，看到很多尼姑用手在洗衣服，女生果然就是尼姑，都用手洗衣服……」炳昌看郭老師沒有制止，更是天花亂墜的「掰」著他的尼姑論。

「愈說愈扯！」惠敏指著炳昌抗議。

結果炳昌光顧著說話，輪到他最後一個抽小方巾時，炳昌已經沒有方巾可以拿了！

「對不起，炳昌，郭老師好像算錯！少拿兩條方巾。」郭老師跟炳昌說明天補給他。

郭老師說這話時，惠敏、琇琇和美麗正在互換不同顏色的方巾，尤其是琇琇和美麗非常高興，很謝謝郭老師送這個禮物給她們。

「沒關係！這跟我家的抹布一樣，沒有就算了！」炳昌吐了吐舌頭，不以為意的說道。

結果下課的時候，炳昌正準備衝出教室去籃球架玩，他沒有多看，竟然不小心踩到惠敏掉在地上的小方巾……

「那是我最喜歡的粉紅色！」惠敏尖叫著。

炳昌停下腳步來，看到粉紅色的小方巾上有很清楚的他的鞋印，他竟然哈哈大笑起來……

「你是故意的！」惠敏很不高興炳昌的態度。

「我是不小心。」炳昌抗議的說道。

「那你為什麼笑得這麼大聲？」惠敏問炳昌。

「我愛笑，不行嗎？」炳昌又笑起來。

「你把我的方巾踩成這樣，你要幫我洗乾淨。」惠敏要炳昌馬上到水龍頭那裡洗乾淨她的方巾。

「我才不要呢！尼姑！」炳昌對惠敏吐吐舌頭說不要。

「你一定要洗，是你做的壞事你要洗乾淨。」惠敏拉著炳昌，不讓他去籃球架那裡玩。

「是妳自己掉在地上，不是我的錯。妳不要攔我，下課時間很短耶！」炳昌非

常氣惠敏不讓他出去玩。

「你不幫我洗乾淨，我就不讓你出去。」惠敏嚷嚷著。

這時候旁邊的同學也愈聚愈多，惠敏拉炳昌拉得更緊，深怕她一個不小心，炳昌就偷溜出去。

「希罕！這跟我家的抹布一樣，我拿一條抹布來賠妳就好！為什麼要幫妳洗？」炳昌硬要甩開惠敏的手。

「炳昌，你怎麼可以這樣？」美麗有點不高興的說炳昌。

「為什麼不可以？賠她一條新的，我就不要洗了！」炳昌說得振振有詞的，他覺得這是很好的解決方法。

「這樣很不環保！」

「你忘記郭老師說要節能減碳？」

「炳昌都很浪費，非常不減碳！」

幾個女同學湊在一起，幫忙惠敏「教訓」炳昌。

「女生真的很麻煩，尼姑、尼姑、尼姑……」因為別的男同學都衝出去教室外面玩了，只有炳昌一個人在教室裡孤軍奮鬥，他沒別的辦法，就把最近的「詞」搬出來一直說。

「我要跟郭老師說。」惠敏對炳昌抱怨。

「妳永遠都在跟郭老師說。」炳昌對這招已經「ㄎㄜ」掉。

結果炳昌衝出重圍，順利跑到教室外面，根本不把惠敏說的洗方巾的事情放在眼裡。

# 06

# 便當盒事件

過了幾天，炳昌來上學的時候，像是發現新大陸一樣的跑進教室喊著：「各位同學、各位同學……」

由於炳昌來得比較晚，同學們幾乎都已經抵達教室，大家心想一大早會發生什麼事情？

「你怎麼了？」

「中樂透？」

「炳昌要開始吃素食營養午餐？」

同學們好奇的猜著，炳昌急忙、認真的搖頭說：「不是啦！我有一個重要的發現！」

「你發現什麼？」博懷對於炳昌的發現充滿好奇，心想又有什麼好玩的事情要發生！

「請大家注意一下、看我這裡喔！」炳昌站在講台上，要全班同學認真的聽他說話。

「炳昌怎麼了？」郭老師走進教室，看到炳昌已經站在講台上，她也好奇炳昌

到底要說些什麼？

「我發現台北市有一個規定，可是大家都不知道！」炳昌認真的講起來，他說這是跟爸爸出去的時候發現的。

「有什麼了不起的規定？」惠敏滿臉就是炳昌的狗嘴吐不出象牙的模樣。

「現在台北市的超商和量販店，大家都可以拿環保杯去裝飲用水，完全不用錢。」炳昌非常興奮的「宣布」。

「炳昌這樣子好像台北市長！」琇琇跟旁邊的惠敏說。

「他可能真的以為自己當總統了！」惠敏轉過頭去跟琇琇和美麗說道，但是語氣酸酸的。

「就是超商裡面讓人泡泡麵的飲用水！我有用保溫杯去裝過一杯，真的可以裝！而且我爸爸說，他出差到外縣市，有些超商因為台北市的規定，也自動讓民眾裝飲用水，真的很方便又很環保。」炳昌覺得這是一項大「好康」，他一早就急著「報」這個「好康」給同學們知道。

「菜市場很多小販，都會拿著瓶子到附近超商裝水。」美麗說這已經實施一陣子了。

「真的嗎？我是這幾天才知道的，就想趕快跟同學說。」炳昌的臉上充滿榮耀，好像做了一件超級了不起的事情。

「大家可以像炳昌一樣，有什麼關於節能減碳的方法，都可以說出來和同學們分享、交流。」郭老師很讚許炳昌這樣的行為。

「可是他說的已經是舊聞！」惠敏取笑炳昌。

「那……妳知道嗎？」炳昌反問惠敏。

惠敏滿臉悻悻然，看起來本來並不知道。

「還說我！」炳昌唸唸有詞的。

「那也不用一大早像拉警報一樣，站在講台上說吧！」惠敏不放棄的替自己辯駁。

「我是好心耶！用飛快的速度跑來學校，就是為了跟同學們說這件事。」炳昌說他跑得上氣不接下氣的。

「很謝謝炳昌跟我們分享這個訊息，以後同學們也要多多分享。」郭老師還是

很鼓勵炳昌。

可是上了一早上的課後，到了中午吃營養午餐的時間，卻發生一件讓人想都想不到的事情……

這天是吃素食營養午餐，所以炳昌照例到蒸飯盒的地方拿他的便當，不過他覺得有點怪怪的……

「這個鐵飯盒好像跟平常不太一樣？」雖然不鏽鋼便當幾乎都長得差不多，但是這個拿在手上的便當盒好像舊了一點。

「可能媽媽今天用比較舊的便當盒吧！我早上拿來蒸也沒有注意到。」炳昌不疑有他，心想是自己不夠細心。

可是當同學們喊完惠敏班長規定的「感謝詞」後，炳昌打開便當盒就哇哇大叫起來……

「周炳昌！你是怎麼回事，不喊感謝詞，卻叫得那麼大聲，這是什麼意思？」惠敏問炳昌。

「為什麼會這樣？」炳昌整個臉色大變，不知道該從何說起？

榮杰和博懷也湊到炳昌的桌子前，看看炳昌的便當到底發生什麼事情？看了之後卻不知道該說些什麼。

「是誰？是誰？」炳昌在位置上跺腳。

「你是怎麼回事？」惠敏也跑到炳昌的位置來。「這是什麼狀況？」惠敏發出一陣驚呼。

「是誰把我的便當調包？把裡面換成沙子！」炳昌氣憤不已的說道，他真的很想揪出那個人。

「怎麼會這樣？」平常咄咄逼人的惠敏，看到都是沙子的便當盒，也有點傻住了。

「為什麼要這樣對我？」

「我今天早上還跑來跟大家說可以去超商裝水的事情！」

「我對同學很好啊！」

炳昌愈說愈委屈，他覺得今天簡直就是熱臉貼冷屁股，虧他心裡都想著一年六班的同學。

「怎麼辦？現在該怎麼辦？」博懷焦急的問炳昌。

「我哪知道該怎麼辦？」炳昌坐在自己位置上發脾氣。

「那炳昌今天中午吃什麼？」榮杰說不可以餓肚子，炳昌可以跟他一起吃他那份營養午餐。

「我去跟郭老師報告！」惠敏立刻到教師休息室找郭老師。

郭老師到一年六班教室時，看到炳昌的「沙子便當」，她皺了皺眉頭低聲的說：「怎麼會有這種事？」

炳昌繼續嘟著嘴，在那裡抱怨一年六班的同學沒良心……

「炳昌，營養午餐一定有多，郭老師幫你準備一份，今天就先吃學校的，好不好？」郭老師問炳昌。

「我不吃！」炳昌賭氣的說。

「不吃怎麼行？多少吃一點，你下午還要上課，怎麼可以餓肚子？」郭老師不放心的說。

「我沒有心情吃。」炳昌還是很火大。

「其實今天的營養午餐菜色不錯，郭老師還想說，如果有多的，等等要打包回家。」郭老師繼續勸炳昌。

「我不要吃素。」炳昌搖搖頭。

「那……那……」郭老師本來是想帶炳昌到附近的店家吃，但是有點擔心這樣做到底妥不妥當？

「我不吃了！」炳昌翹著嘴巴、氣個半死的走出教室，往「祕密基地」的方向走過去。

過一陣子，緊跟著炳昌後面，就看到榮杰和博懷端著餐盤，也往「祕密基地」的方向過去。

其實是郭老師要榮杰和博懷多裝一點營養午餐，把炳昌那一人份的飯菜，「偷偷的」裝到榮杰和博懷的餐盤中。

「炳昌，你今天跟我們一起吃飯啦！」榮杰吆喝著炳昌，還先丟了一顆雞蛋給他。

「怎麼會有雞蛋？不是吃素嗎？」炳昌問道。

「這是早上阿嬤幫我蒸好的白煮蛋，我放在書包裡沒吃，你先拿去吃。」榮杰要炳昌趕快吃。

「喔……」炳昌拿著白煮蛋，心情還是不太好的樣子，看起來沒胃口吃中飯。

「你還是很生氣？」博懷好奇的問炳昌。

「我為什麼不能一個人帶便當？我帶便當，就有人把我的便當換成沙子，這真的很壞心！」炳昌完全不能接受被這樣對待。

「換作是我，也一定很生氣。」榮杰點點頭。

「你可以瞭解吧！」炳昌很高興榮杰也這樣想。

「會不會是你拿錯便當？」博懷好奇的問道。

「不可能！」炳昌斬釘截鐵的說。

「為什麼不可能？」博懷反問。

「今天我在班上講了很久超商可以裝水的事情，所以比較晚去蒸便當，那個蒸飯盒只有我一個人的便當在裡面。」炳昌說他的便當是整個被調包，換成一個比較舊的便當裡面裝了沙子。

「這不是衝著我，難道是衝著別人嗎？」炳昌問博懷。

「看起來真的是對著你來的。」博懷有點難過的說。

「炳昌，你吃一點咖哩，今天的咖哩煮馬鈴薯很好吃。」榮杰挖了一大坨放在湯碗，又給炳昌一個湯匙。

「這樣你夠吃嗎？」炳昌看榮杰塞給他這麼多，擔心榮杰自己會不夠吃，又反挖一塊要還給榮杰。

「我本來就添很多，你不用還給我。」榮杰要炳昌盡量吃，吃飽一點，等等才好上課。

「一定是劉惠敏做的。」炳昌邊吃邊猜測。

「你有證據嗎？」博懷比較實事求是，他覺得炳昌不可以隨便誣賴別人，這樣會引起誤會。

「可是她本來就對我帶便當不滿意！」炳昌一直說除了惠敏，他再也想不出還有誰會這樣對他。

「她真的很有可能！」榮杰比較站在炳昌這邊，博懷則是對炳昌的說法半信半疑。

結果炳昌在祕密基地吃完中飯後，回到教室，劈頭就對惠敏說：「劉惠敏，你為什麼要把我的便當盒裡換成沙子？」

「我沒有！你亂說。」惠敏喊冤。

「就是妳！妳一直都看我很不順眼。」炳昌直指惠敏。

「我是看你不順眼，但是沒有把你的便當換成沙子。」惠敏對於炳昌的說法，也跟著動起氣來。

「除了妳這個臭尼姑，還有誰會這樣做？」炳昌鬧起來會沒完沒了，就是受不了一丁點委屈。

惠敏在家裡也是個小霸王，同樣受不了別人不分青紅皂白的指責她。「那你是要怎麼樣？」惠敏問炳昌。

「妳是班長，炳昌的便當被換成沙子，妳怎麼還問他要怎麼樣？」榮杰跳出來替炳昌說話。

「可是……又不能確定是惠敏做的，為什麼要怪她？」美麗則是幫惠敏班長的忙。

「是啊！炳昌從一開始就對著惠敏鬧脾氣。」琇琇也加入女生組的行列，幫惠敏說話。

博懷看到琇琇站在惠敏那邊，他就不好說什麼，畢竟琇琇在他心裡的份量不太一樣。可是他人還是往炳昌那邊站近點。

「臭尼姑、臭尼姑……」炳昌開始吵鬧不休，指著一個又一個的女生罵著臭尼姑。

「很幼稚的男生。」

「妳們女生才幼稚。」

「是你們先來鬧的。」

一年六班頓時掀起一場男女生大戰，整個班上吵鬧不休，雖然沒有打起來，但是互相貶損的話都沒少過。

「這是在做什麼？」從外面進來的郭老師，看到這一幕，簡直認不出來這是一年六班。

「郭老師，炳昌一直罵我們女生。」惠敏班長看到郭老師簡直就像看到救星，要郭老師來主持公道。

「郭老師要主持公道也是要主持我的！」炳昌覺得他才是受害者，怎麼會輪到惠敏先告狀。

「都不要吵，回到自己的位置上。」郭老師要大家坐好，不要圍在一起吵來吵去。

「郭老師，炳昌冤枉我，他硬要說是我換了他的便當盒。」惠敏說得很委屈的樣子，看起來要哭要哭的。

「妳還要裝哭？明明就是妳做的！」炳昌覺得惠敏這招真的很「陰」，用哭的來讓郭老師同情她。

「炳昌少說幾句。」郭老師指指炳昌。

「好！要我不要說，可以！那郭老師要幫我把偷換便當的人找出來，我就不說話！」炳昌竟然對郭老師「嗆聲」。

「你竟然對郭老師也這麼兇！」

「炳昌說得沒錯。」

「怎麼可以這樣？」

一年六班的男女同學又吵起來，郭老師則是一個頭兩個大似的站在講台上。

# 07 疑心生暗鬼

當天放學回家，炳昌一進家門，什麼話也不說，整個人就仆倒在沙發上，臉埋在靠枕裡……

「我的寶貝孫在學校發生什麼事？」阿嬤緊張的問炳昌。

炳昌還是不發一語。

媽媽覺得很奇怪的說：「早上不是還很高興的上學，說要告訴同學超商可以裝水的事情？」

「真心換絕情！」炳昌在沙發上望著電視，嘆了很大一口氣，說了一句從電視劇裡學來的話。

「哪門子的真心換絕情？小孩嘆什麼氣？」媽媽不解的問道。

「妳不懂啦！」炳昌拖著沉重的步伐，走到自己房間。

「真是奇了！」媽媽自言自語著，想說等等吃飯時，再好好的問炳昌到底發生了什麼事情。

「哎喲，你的便當為什麼會這樣？」晚上煮好飯的媽媽，正要打開炳昌的便當去泡水時，望見一大盤的沙子，她嚷嚷叫著。

「什麼怎麼樣？就是妳看到的那樣！」炳昌坐在餐桌前，還是一臉無精打采的樣子。

「心情不好，也不要把自己的便當裝進沙子。」媽媽一臉狐疑的看著炳昌，無法理解他的做法。

「不是我裝的，是別人把我的便當盒換成這個沙子便當。」炳昌搖頭苦笑的說給媽媽聽。

「你的便當被別人換成沙子？」媽媽和爸爸、阿公、阿嬤頓時都覺得事情「大條」了。

「難怪！我覺得你的便當好像變舊了！是整個便當盒被調包？」媽媽有發現便當好像不是原本家裡的那個。

「是啊！中午去拿蒸好的便當，就已經被調包成沙子便當。」炳昌無奈的點點頭。

「那我的寶貝孫中午吃什麼？」阿嬤擔心炳昌沒飯吃。

「榮杰和博懷分我吃他們的營養午餐，吃得很飽。」炳昌說他沒餓著，阿嬤不用擔心。

「你是做了什麼事，讓人家想放沙子到你的便當？」媽媽自覺很瞭解炳昌，她不相信別人會無緣無故這麼做。

「我哪有？媽媽每次都這麼說！」炳昌始終認為自己很冤枉，他老覺得自己對別人很好。

「小孩能做什麼了不起的事？不就是打打鬧鬧的，但是把沙子放到人家的便當盒，那個孩子心眼也真小。」阿嬤總是「敝帚自珍」，覺得自己的孫子炳昌怎麼看都好。

「阿嬤太寵炳昌了！孩子這樣會被寵壞。」媽媽覺得自己在教育孩子的時候，阿嬤卻要來「包庇」。

「還是要打個電話給郭老師，問問看是怎麼回事？誰知道這次會放沙子，下次會不會放老鼠藥？」阿公擔心的是這個。

「是應該打給郭老師問問，或許炳昌有需要檢討的地方，我們要和郭老師多多合作。」爸爸這麼說時，還摸摸炳昌的頭說：「今天有跟同學說那個環保的方法嗎？就是到超商去裝飲用水。」爸爸問炳昌。

炳昌有氣無力的點點頭抱怨：「我對同學這麼好，告訴他們這些。但是他們竟然回報我一便當的沙子。」

「炳昌，這是兩回事，我們要快快樂樂、無所求的付出，要不然一直盤算別人怎麼回報我們，這樣做人會很痛苦。」爸爸認真的解釋給炳昌聽。

「這樣好像在唱高調，跟討厭的惠敏一樣。」炳昌說我們對人家好，當然希望別人對我們好啊！

「我們做人，可以多給人家一點就多給一點，不要老想從別人那裡獲得，這不是我們家的家風。」阿公這麼說道，他還說以前他的阿公，就是炳昌的曾曾祖父是個生意人，他總是在人很多的地方自動燒一大壺開水，放個杯子「奉茶」，讓口渴的路人有茶水可喝，給人家方便。

「我的曾祖父在以前就很環保。」爸爸聽阿公這麼一說，直稱曾祖父的做法很有環保概念。

「那……超商的飲水機要不要貼個條子，上面寫著『奉茶』兩個字。」炳昌好奇的問阿公和爸爸。

「這個方法很好，我的寶貝孫就是懂事。」阿嬤讚賞著炳昌的創意。

結果媽媽趁機打電話給郭老師，問她關於炳昌便當的事情，郭老師也不明白為什麼會這樣？

「炳昌，我們就再看看，如果再發生同樣的事情，我們就要找郭老師詳談。」媽媽說道。

不過炳昌對於惠敏卻一直「耿耿於懷」，他打從心裡認定惠敏就是把他便當盒換成沙子的「犯人」。

「周炳昌，你不要這樣好不好，你快要變成黃博懷！只要一看到我，就斜眼瞪我。」惠敏下課的時候對炳昌抗議。

「妳自己做了什麼好事，自己知道。」炳昌哼的一聲，再把他的台詞「女生都是討厭鬼」說了一遍。

「還好你是想要當總統，不是當法官。如果你當法官，一定會有很多冤獄。」惠敏幽幽的說道。

「吃素的尼姑，閉嘴。我不要聽妳說話。」炳昌這一陣子對惠敏說話都很沒好氣。

結果炳昌一走出教室，就「撞」上了上次那位差點被綁架的高年級學長，他問炳昌說：「學弟，你怎麼了？」

「女生都是討厭鬼！討厭、討厭……」炳昌這麼對學長說。

「現在說這些都太早了，以後等你長大，女生有沒有這麼討厭，你就知道了。」學長笑著對炳昌說道。

「學長，你說這話是什麼意思？」炳昌不明白的問學長。

「沒關係，等到你高年級的時候，你就知道了。」學長用「促狹」的眼神看著炳昌。

「不過，學長來評評理，天底下有這種事嗎？」炳昌把這幾天發生的便當盒變成沙子盒的事情說給學長聽。

「那個你叫做惠敏的班長，就是放沙子的人嗎？」學長聽了整個經過，不太明白的問炳昌。

「一定就是她，除了她沒有別人了！」炳昌一口咬定。

「為什麼？」學長還是聽不太懂炳昌的邏輯。

「惠敏從幼稚園的時候就很喜歡找我麻煩！現在她以為自己當班長就很了不起。」炳昌氣嘟嘟的說。

「你有惠敏把沙子放進你便當的證據嗎？」學長反問。

「嗯……沒有。」炳昌老實的回答。

「對呀！這樣就不可以一口咬定說人家放沙子到你的便當，感覺不像是男子漢大丈夫會做的事情，有點小心眼喔！」學長取笑著炳昌。

「而且，假如你心裡已經下了結論，別人怎麼做，都會被你說不好。」學長勸炳昌。

「我不懂這是什麼意思？」炳昌聽得一頭霧水。

「就是說，你如果心裡已經認定惠敏是放沙子的人，她對你不好時，你覺得自己想得沒錯；可是她對你好時，你又會認為她是內疚、在討好你。這樣她不管怎麼做都不對啊！」學長解釋給炳昌聽。

「學長，那我要怎麼辦？」炳昌問學長。

「先不要有成見，等到有證據時再下結論。」學長說道。

「那要等到什麼時候？」炳昌哇哇叫著。

「我以前也跟你一樣，小學一年級的時候很討厭我們班的一個女生，總覺得她臭屁到了極點……」學長講到一半就被炳昌打斷。

「對！學長怎麼知道？我們班那個惠敏也是個臭屁到了極點的女生，特別喜歡跟我作對。」炳昌現在覺得學長很瞭解他。

「可是……可是……那個女生目前在我隔壁班，很奇怪！我現在卻怎麼看她怎麼可愛！」學長說到這裡，自己的臉都紅了。

學長繼續接著說：「我每天最快樂的時候，就是看到那位女生從我們班外面的走廊經過，只要看到她一眼我就很高興。」

「好……好噁心！」炳昌整張臉都皺了起來。

「有什麼好噁心的？」學長瞪著炳昌問。

「羞羞臉，男生愛女生。」炳昌「嫌惡」的說道。

「我就說你以後就會知道了，現在跟你說這些，簡直就是對牛彈琴。」學長直搖頭。

「我才不相信我以後到了高年級會喜歡上惠敏！全世界只剩下她一個女生我也不會喜歡她。」炳昌信誓旦旦的說。

「話不要說得太早！」學長有點「不屑」的看著炳昌，他說這叫做「少年不識愁滋味」，但是說了之後，又開始自己唸唸有詞的說：「這是說我還是說你啊？我到底用得對不對？」

「學長，你很奇怪。」炳昌覺得學長反覆來、反覆去的，真的不知道他到底是怎麼回事？

「唉！反正就是這樣！」學長搔著頭不好意思的說：「別說我了！你如果真的那麼討厭你說的惠敏，你可以下學期跳出來競選班長！」

「做班長？」炳昌不可置信的看著學長。

「是啊！你沒有想過嗎？」學長反問炳昌。

「我只有想過當總統，沒有想過當班長。」炳昌很認真的說道。

「這樣最好了！既然想當總統，就從班長開始練習，班長都當不好的話，怎麼當總統？」學長積極勸說著炳昌。

「真的是這樣嗎？」炳昌很認真的思考這個問題。

炳昌回到教室，神祕兮兮的跟榮杰和博懷說：「等等放學的時候，我們一起走，我有事情要跟你們說。」

「你找到在你便當放沙子的人？」博懷興奮的問炳昌。

「不是啦！等等跟你們說。」炳昌故作玄虛狀。

等到放學走出校門後……

「你要選班長？真的要選嗎？你討厭惠敏到這種地步？」博懷瞬大眼睛的問炳昌。

「你別那麼用力瞬大眼睛好不好？我比較習慣你用小小的眼睛斜斜的瞪我。」炳昌推了博懷一把。

「那也要等到我們升上二年級才會選班長，這學期又還沒有結束。」榮杰有點不明白炳昌到底在想什麼？

「是學長給我的建議，他要我可以出來選班長。」炳昌把跟學長的對話，一五一十的跟兩位夥伴說。

「但是仔細想一想，有個男生當班長也很好。」博懷點了點頭。

「為什麼？」榮杰問道。

「男生當班長還是比較方便。」博懷認真的解釋。

「對！我也這樣想。女生真的很討厭，你看那個惠敏班長，她都很愛『記』我們！」炳昌氣呼呼的說。

「什麼叫做『記』我們？」連支持有個男生班長的博懷都聽不懂炳昌到底在說什麼？

「就是『記』下我們做的事，然後去跟郭老師報告！我常常看到惠敏這樣做，而且她只有『記』我們男生。」炳昌邊說邊搖頭。

「對耶！聽你這麼一說，我也想起來，惠敏跟老師打小報告的全是男生的不是。」博懷附和炳昌的說法。

「可是我們真的比女生頑皮，班長『記』我們也是應該的。」榮杰想了想後，覺得惠敏做得也沒錯。

「可是我當班長之後，我就不要『記』男生，這樣不是更棒？」炳昌說得一副他已經當班長的樣子。

「也是！」榮杰點了點頭。

「真的很棒，這就是你競選班長的政見嗎？」博懷很開心的問炳昌。

「選班長還要政見？」炳昌不太明白的反問。

「不是只要人家投他就好，上次惠敏也沒有說政見吧！」榮杰怎麼想都想不起來惠敏有說哪門子的政見。

「好啊！你說要政見，這就是我的政見。」炳昌認為這也無所謂。

「但是這樣女生就不會投你吧！你總不能說，我當班長就不『記』男生，這樣只會有男生的票。」榮杰不以為然的說道。

「我們班男生跟女生，哪個人數多？」炳昌突然想起這件「大事」。

「一樣多，男生和女生各十五位，班上總共三十位學生。」這種數字的事情，博懷最清楚不過。

「原來班上討厭的女生總共有十五位。」炳昌唸唸有詞的說道。

看到炳昌一臉等不及要選班長的樣子，榮杰和博懷都勸炳昌，選班長是下學期的事情，要他先不要想太多。不過兩個小男生也不明白，為什麼變成高年級，對女生的想法就會不一樣。

# 08 玩遊戲

這天上音樂課，郭老師要大家圍成一個圓圈唱歌，還要……手拉手。

「為什麼要這樣，我不要。」炳昌帶頭抗議。

「我也不要。」

「算我一份。」

「對啊！為什麼要跟女生手拉手？」

有幾位男同學也跟著炳昌嚷嚷不要跟其他女生手拉手，炳昌則是一臉理當如此的表情。

「你們讀幼稚園的時候不會跟其他女生手拉手唱歌？」郭老師滿臉疑惑的問這幾位男同學。

「讀幼稚園的時候比較幼稚，我們現在長大了。」炳昌手插著腰說，回答得理直氣壯。

郭老師非常傷腦筋，而且炳昌還看看他右手邊的惠敏，又瞧瞧左手邊的琇琇，他搖著頭說：「我才不要跟尼姑牽手。」

「那我跟惠敏換位置，這樣你願意跟我牽手？」郭老師問炳昌。

「可以。」炳昌用力的點點頭。

「我跟惠敏一樣是女生，為什麼你就願意牽我的手？」郭老師反問炳昌，她覺得這不是很奇怪？

「不一樣，郭老師是歐巴桑，不是女生。」炳昌非常認真的回答郭老師，但是此話一出，讓郭老師哭笑不得。

「這麼直截了當的說我是歐巴桑。」郭老師在心裡直搖頭，可是對著炳昌又不知該從何說起。

「而且……惠敏還在我的便當盒裡面放沙子。」炳昌看看右手邊的惠敏，又把這個老話給說了一遍。

「我已經說過好幾次，不是我把沙子放在你的便當盒，你為什麼就是聽不懂？」惠敏突然吼起來，還跑到自己的位置趴在桌上……

原來，惠敏非常難過的哭了起來。

「啊……」炳昌看到惠敏哭了，他也不知道該怎麼說，只是喃喃自語：「這樣就哭了？」

「被人家一直冤枉當然會難過！」琇琇皺著眉頭說道。

「是啊！」美麗也跟著點點頭。

「我的便當被人家放了沙子都沒有哭，她哭什麼？」炳昌嘟著嘴抱怨，他覺得最該哭的人應該是自己吧！

沒想到此話一出，惠敏哭得更大聲。

全班同學、包括郭老師都有點傻住。因為惠敏在班上給人的印象，是一位非常「堅強」的班長。現在看到她趴在桌子上哭得那麼傷心，大家都不知道該怎麼安慰她。

「這種事應該是琇琇做的才是。」榮杰在炳昌旁邊小小聲的說。

「就是啊！」炳昌點點頭。

「琇琇才不是這樣！」博懷義憤填膺的替琇琇抱不平。

「難過會哭是每個人都有的情緒。」郭老師對同學們說道，她並沒有特別要惠敏收起眼淚。

「惠敏，來……跟郭老師說，妳在難過些什麼？讓我們知道，大家也可以幫妳分擔、想辦法。」郭老師走到惠敏旁邊，溫柔的問惠敏。

「我一直說、一直說，我沒有把沙子放進炳昌的便當，可是他都不相信。只要看到我就說是我放的，我覺得很冤。」惠敏抬起頭來，啜泣的對全班說道，琇琇則是拿了一張衛生紙給她。

「謝謝妳的衛生紙。」惠敏拿著衛生紙擦拭臉上的淚水和鼻涕。

「惠敏哭得這麼傷心，她可能真的是被冤枉的。」榮杰又在炳昌耳朵邊小小聲的說道。

炳昌不置可否，可是他的心有點被動搖。

「炳昌，我們現在完全沒有證據惠敏做了這些事，你可以給惠敏一點信任嗎？」郭老師轉過身來問炳昌。

「什麼是信任？」炳昌問郭老師。

「信任就是我們願意相信每個人本來都是一個好人，除非有證據對方做了不對的事情，我們才要求他改變，要不然在此之前，我們都要用跟平常一樣的態度對待他。」郭老師特別對炳昌說明。

「是啊！一直被人家懷疑，那種感覺很差。」美麗站在一旁這麼說道。

「就是。」琇琇也附和美麗的說法。

「你看！惠敏都哭得這麼傷心，可見被你一直懷疑是偷放沙子的人，她難過得要命。」有位小女生也跟著說。

炳昌嘟著嘴不置可否。

「而且信任是對我們自己很好的一件事。」郭老師又說了這句。

「為什麼？」炳昌不解的反問。

「假如我們一天到晚懷疑別人，自己不也是很累？」郭老師煞有其事的跟全班說道。

「就是！就像炳昌這陣子一樣。」美麗對郭老師這番說法還鼓掌叫好，她覺得郭老師說得對極了。

「是滿累的。」榮杰也點點頭。

「你這個人到底站在哪一邊？你不是跟我很好。」炳昌拍了一記榮杰，覺得他

怎麼倒戈？

「我看你這樣是很累，我看得都累了。」榮杰勸炳昌。

「你也覺得我錯？」炳昌認真的問榮杰。

「我不知道。可是我覺得郭老師說得沒錯。」榮杰表達自己的意思。

炳昌在心裡繼續彆扭，郭老師也不打算勉強他，她繼續宣布一件出乎大家意料之外的事情……

「各位同學，我們班上有位女同學下學期要轉學。」郭老師此話一出，同學們、特別是女同學都在底下窸窣的說道：

「是誰？」

「這樣好捨不得喔！」

「不會是惠敏班長？」

炳昌一聽到這樣，又覺得是衝著他來的，馬上接著說：「這樣就要轉學？那我是不是要先轉學才對？」

「我……沒有……要……轉學！」惠敏也立刻正經的說明她一點都沒有要轉學

的意思。

「是我啦！」美麗舉手說道。

「是美麗。」

「為什麼？」

「好同學不要轉學！」

這次不管是男同學、女同學，都跟著喧鬧起來，沒有人想得到美麗竟然要轉學了。

「我家附近有間新小學，現在每天來上學要花很多時間，可是新小學走路只要十分鐘。」美麗解釋著。

「我們都這麼好了！」琇琇在一旁難過的說，看起來琇琇好像要接著惠敏後面哭起來。

「是啊！我本來也很捨不得。可是……」美麗低著頭說。

「因為阿嬤的關係？」榮杰在一旁問道。

美麗點了點頭說：「走路到新學校只要十分鐘，這樣我放學就可以早點回家，

阿嬤一整天都一個人在家，我多陪陪她比較好。」

「原來是這樣。」好多同學頓時理解了美麗的想法。

「美麗真是個孝順的孫女。」琇琇含著淚水對美麗說。

「妳別這樣啦！以後我還是會常常來看大家。」美麗力勸琇琇不要哭，她還是住在原來的地方，要回學校也很方便。

「以後我們有活動都會邀請美麗，妳一定要來喔！」惠敏這下子回復班長的模樣對美麗說道。

「好啊！一定的。」美麗打包票的說。

「可是人家真的很捨不得美麗，我們已經是好朋友。」說到這裡，琇琇再也忍不住哭了起來。

「這些女生今天是怎麼回事，簡直是大隊接力在哭。」炳昌「哼」的一聲、翻了個白眼。

「周炳昌你這個人真的很奇怪，人家我們是捨不得同學，連哭都要經過你同意？」惠敏恢復正常後，開始會跟炳昌回嘴。

「這學期也快結束，等到下學期開學，美麗就要到新學校，大家要怎麼歡送美麗？」郭老師問起班上同學。

「不用啦！同學們幫忙我這麼多，不用歡送我！」美麗不好意思的說，她還囁嚅了一句：「其實……我有一件事一直想說……」

「什麼事？」惠敏問美麗。

「啊……以後再說好了。」美麗又吞了回去。

「郭老師，我有個建議。」惠敏看美麗不說話，她就提了意見。

「惠敏班長說說看。」郭老師指指惠敏。

「美麗有幫我們很多人畫公主畫，我們可以從家裡帶來學校，幫美麗辦個畫展，這樣好不好？常常在電視上看大人辦畫展，都好有學問的樣子，我們也來辦個畫展試試看。」惠敏興奮的提議。

「好啊！」

「酷！」

「真是個好主意。」

女同學們發出一陣驚嘆，連郭老師都覺得這個主意太棒了，只有炳昌在那裡潑冷水：「好肉麻喔！尼姑畫成公主。」此話一出，全班的男生都笑出來，女生們則是咄咄逼人的說：「一定是美麗沒有畫你們，你們才笑得這麼開心。」

「我們可不想被畫成公主。」炳昌做個鬼臉。

「男生被畫成公主不是很肉麻？」博懷也說話。

「是很好笑。」榮杰笑著說。

不過郭老師表決的時候，全班同學都同意要幫美麗舉辦畫展，郭老師也很興奮自己的公主照要參展。

「到時候要邀請別的老師來參觀。」郭老師信誓旦旦的說。

「為什麼連歐巴桑也喜歡

被畫成公主？」炳昌望著郭老師不解的問道。

郭老師沒好氣的對炳昌說：「每個女人，不管是大女生還是小女生，都有一個公主夢。」

「喔！好難理解。」炳昌一頭霧水的說。

「沒關係，等你長大之後就會知道。」郭老師對炳昌點點頭。

「我長大以後需要知道的事情怎麼會這樣多？大家都對我說這句話。」炳昌突然覺得長大的壓力可不小。

等到下課後，炳昌跟榮杰和博懷在操場玩時，炳昌突然想起來說：「這樣我們班上的男生就比女生多一個。」

「是啊！女生少了個美麗。」博懷說到一半，他盯著炳昌問：「你是在想選班長的事情？」

「只是突然想到。」炳昌點點頭，可是他說心裡還是覺得有點怪怪的。

「什麼怪怪的？」博懷說炳昌竟然會想到選班長多出一票才奇怪，他不知道炳昌有這麼喜歡當班長。

「雖然我說女生都是吃素的尼姑，可是美麗同學要轉學，我還是有點難過。」炳昌說道。

「我也是，好像班上少了一位好同學。」榮杰也說自己有點捨不得。

「人怎麼會這麼奇怪？我有時候看她們這些女生很討厭，可是當她們要轉學時，我又會有點難過？」炳昌想不通這是為什麼？

「炳昌，假如……我是說假如惠敏要轉學，你會不會也有點難過？」榮杰好奇的問起炳昌。

「這個嗎？」炳昌認真的想起來。

「對耶！這是個好問題。」博懷點點頭說。

炳昌想了很久。

「我覺得我會有點難過，雖然她兇巴巴的，又管很多。」榮杰很誠實的說，他心裡也會有點怪怪的。

「我也會。」博懷同意榮杰的看法。

「好奇怪喔！為什麼會這樣？」榮杰有點想不明白，自己平常跟美麗也不是常常玩在一起的朋友。

「是啊！她都跟琇琇和惠敏比較好。」博懷說道。

「那你呢？」榮杰轉頭問炳昌。

炳昌想了老半天一個字都沒有說。

# 09 不環保的人類

炳昌被問起來，他心裡也是覺得有點怪怪的，但是隨即想到：「肉麻！我會不會變得跟高年級的學長一樣，男生愛女生？喔！好噁心！」炳昌非常用力的搖頭，想把這種念頭甩掉。

「你在做什麼？」博懷看到炳昌奇怪的表情，他好奇的問炳昌。

「沒有、沒有，我們趕快回教室去吃午餐。」炳昌顧左右而言他，拉著榮杰和博懷回教室。

「你還是不肯跟我們一起吃營養午餐？」榮杰說最近的營養午餐菜色都很棒，要炳昌一塊來吃。

炳昌嘴硬又好強的說道：「我才不要跟吃素的尼姑吃一樣的東西，哼！我就是不要吃。」

「好吧！隨你。」榮杰和博懷也懶得勸炳昌了。

「我今天帶好吃的大雞腿，要不要分你們兩個吃一口？」炳昌壞壞的逗榮杰和博懷。

「我今天要湊一公斤減碳量，很需要吃這一頓的素食。」榮杰想了一下，拒絕

炳昌的好意。

「我也是。」博懷點點頭說。

「你都不用注意減碳一公斤的活動囉？」榮杰問炳昌，因為他每天要湊這一公斤，都要非常認真的計算，看起來炳昌卻一點都不擔心。

「郭老師又沒有住在我家，她怎麼知道我有沒有減碳一公斤？」炳昌說得理直氣壯。

「你要當不環保天龍人？」榮杰驚訝的問炳昌。

「什麼是不環保天龍人？」榮杰這麼一說，炳昌和博懷都是第一次聽到這個名詞，連忙追問榮杰。

「你是在什麼課外讀物上看到的？」博懷心想榮杰書讀得多，一定是從哪本有名的書上看來的。

「嗯……是……」榮杰稱是。

「不環保天龍人就是不環保而已，何必扯上亂七八糟的天龍人？」炳昌狐疑的問榮杰。

「這個名字的由來，是因為大家現在都很注意環保，環保最主要就是為了我們居住的地球，現在不注重環保的人就像不是住在地球的人一樣，所以叫做不環保天龍人。」榮杰解釋給其他兩位朋友聽。

「還……不環保火星人咧！」炳昌嗤之以鼻的說。

可是回到一年六班的教室，大家都好好的吃營養午餐時，炳昌吃著媽媽為他準備的雞腿便當，他腦袋裡一直吵著：「不環保天龍人、不環保天龍人……」榮杰的話幾乎配著他的便當吃下去。

「都是那個死榮杰。」炳昌這時候心裡埋怨榮杰，望著全班好好吃素食便當的樣子……「同學們會不會在心裡想著，我是不是個環保天龍人？」炳昌突然害怕了起來。

回到家，炳昌把榮杰這番話說給全家聽……

「哈哈哈！不環保天龍人，這個名詞真可愛！」聽到炳昌的轉述，在餐桌上的爸爸笑得可大聲了。

「你兒子都已經是不環保天龍人，你還笑得這麼開心？」媽媽覺得自己先生的

反應實在是太奇怪。

「可是這真的很好笑，我是第一次聽到。」爸爸笑得上氣不接下氣的樣子，還跑到廚房拿杯水喝。

「爸爸，你也在笑我是不環保天龍人嗎？」炳昌嘟著嘴問爸爸，他覺得這個稱呼難聽死了。

「你要不要就好好跟著吃學校的素食營養午餐好了。」媽媽倒是建議炳昌，趁這時候從善如流。

「可是我也有在別的地方減碳，為什麼一定要跟著吃素食營養午餐，我不甘願！」炳昌的個性一直很硬，他是那種一定要自己想通才願意跟著做的孩子，這點全家人也都明白。

「妳又不是不知道妳兒子，他不是妳逼著他吃素，他就乖乖去吃素的人。」爸爸揶揄自己的太太。

「這是像誰喔？就是跟你學的。」媽媽也回嘴。

「是遺傳他媽媽。」爸爸連忙搖手。

「你還想賴！」媽媽瞪了爸爸一眼。

「你們兩個在做什麼？」阿公開口了，要自己的兒子、媳婦別在餐桌上為這件事拌嘴。

「天龍人聽起來不錯嘛！很像飛龍在天的感覺。」阿嬤則是覺得只要把「不環保」三個字拿掉，天龍人是個很好的稱呼。

「阿……嬤……妳落伍了！」炳昌嚷嚷的說他才不要被當成天龍人，這是說他不好的意思。

「哎喲，我的寶貝孫說不好就是不好，天龍人不好、不好，一點都不好。」阿嬤立刻見風轉舵，轉到跟炳昌一樣的意思。

「不環保天龍人，哈……」爸爸則是抓住這個名詞猛笑，還說要到辦公室跟其他同事說。

「人家在取笑我，你都不想想辦法？」炳昌看爸爸笑得這麼開心，他有點氣爸爸。

「我的寶貝兒子，這件事不能靠爸爸，這是你要自己面對的事情。」爸爸認真

的跟炳昌說。

「我要站在講台上跟全班說，請不要叫我不環保天龍人嗎？」炳昌覺得這樣的做法很傻。

「是很傻！因為現在根本沒有人稱你不環保天龍人，你只是從榮杰那裡聽來而已。」爸爸同意炳昌的說法。

「可是在吃營養午餐的時候，我覺得大家的臉上都掛著，周炳昌，你是一個不環保天龍人。」炳昌抱怨道。

「這就是同儕壓力啊！」爸爸說這樣的事情在辦公室也會遇到，只要有人的地方都會遇上。

「什麼是同儕壓力？」炳昌不明白這個名詞。

「只要大多數人有一樣的行為，那個少數不一樣的人就很容易落單，最後迫於壓力就會跟大家做一樣的事情。」爸爸盡量用炳昌能夠懂的語言解釋，希望炳昌能夠明白。

「我不要！我才不要大家都吃素食營養午餐，我就跟著吃素。」炳昌再次聲明自己的立場。

「那人家就會說你是不環保天龍人。」媽媽說得一派輕鬆，好像炳昌遲早會遇上這件事。

「我也不要別人說我是不環保天龍人。」炳昌也非常用力的表達這個意思，他說討厭這個稱呼。

「這樣算好的了！最起碼環保是一件好事，在辦公室很多時候，同儕壓力是件不對的事情，那要堅持起來才難呢！」爸爸說團體生活就是這樣，類似的拉扯時有所聞。

「我偏不要，就是不要吃素，不要、不要、不要……」炳昌有點在耍性子，連說好幾個不要。

「你自己慢慢想吧！」媽媽一臉拿炳昌沒辦法的樣子。

隔幾天是放假日，炳昌和榮杰、博懷約好要一起去公園玩彈珠，走在路上，遇到一群穿藍衣服的阿嬤攔住他們。

「小朋友，你們現在有空嗎？」綁著髮髻的阿嬤問他們三位。

「我知道，你們是慈濟的師姐。」博懷看到他們的穿著、打扮，立刻說他以前看過，而且媽媽還說等她年紀大了，也要去當慈濟的師姐做義工。

「小朋友好棒！認得我們這個團體，你們現在很忙嗎？」另外一位年紀比較輕的師姐問炳昌他們。

「沒有，我們小朋友不忙。」炳昌老實的回答。

「那可以請你們幫我們一個忙？幫我們湊個人數，我們在放一個影片，想找多一點人看。」師姐解釋道。

「可是我們要去公園玩彈珠。」炳昌說他們不忙，但是要去玩。

「我們的活動也很好玩。」阿嬤打包票的說。

「啊！可是……」炳昌有點不願意的樣子。

「幫阿嬤一個忙啦！」阿嬤好聲的說。

「是啊！幫我們湊人數。」師姐繼續接著。

「會花很久的時間？」榮杰好奇的問。

「不會，一下子就好了。」師姐說影片看完就可以走。

「好啦！我們幫他們忙，我媽媽都說慈濟做了很多好事，人家要我們幫個小忙，我們就幫好了。」博懷心想媽媽以後也要去慈濟做義工，他也很想知道慈濟到底在做什麼。

「是啊！來看一下就好，看完還是可以去公園玩彈珠。」阿嬤積極勸說著三位小男孩。

「好吧！那你們要快一點，我們也不能出來太多時間，等等要趕回家吃飯。」炳昌有點不情願，覺得玩彈珠的時間變少。

三名小男生就跟著慈濟人進到他們的聚會場所……

「什麼？妳們不是說在湊人數？」炳昌看到場地裡面除了他們三個以外，其他都是穿藍色制服的人，男女盡然。

「怎麼湊？就是我們三個而已。」榮杰看到這種場面，也覺得非常驚訝，完全出乎意料之外。

可是一下子十幾個大人都動起來，連忙遞上茶水，安排三位小朋友坐好，還拿出來糖果、餅乾，總之就是服務得非常週到，讓這三個小男生好好的坐在椅子上，

準備看影片。

「為什麼會有這種事？」炳昌有種上了「賊船」的感覺，望著榮杰和博懷不知如何是好。

「反正他們都是好人，不會害我們。」博懷說這個慈濟的場所不是騙人的，之前跟媽媽經過前面，媽媽有指給他看過。

「他們這麼一群人就服務我們三個，也是很奇怪。」榮杰覺得有點不自在，希望能快點結束。

剛才那位在門口的師姐這時候清了清喉嚨：「我們很歡迎三位小朋友來看我們的影片，影片即將要播放，整個片長三十分鐘。」

「三十分鐘！那……那我們就沒有太多時間去公園玩彈珠。」炳昌覺得倒楣透頂，本來好好的要去玩，結果被騙來看影片，連什麼影片都不知道。

「這是我們慈濟人做環保的影片。」師姐解釋。

「又是環保。」炳昌哀號著。

「小朋友，你們知道環保喔！」剛剛那位阿嬤一直稱讚三位小朋友很聰明，這麼小就知道環保。

「我們又不是環保天龍人，當然知道環保。」炳昌低聲的說，聽到這話的榮杰和博懷都笑起來。

「那好，我們就開始放影片。」師姐操作著機器，準備播放。三位小朋友似乎也放棄「逃」出現場的念頭，要乖乖的看影片。

結果那段影片，是把慈濟人回收寶特瓶，將寶特瓶做成布料的經過拍成電影……

「寶特瓶可以做成這樣的布？」炳昌邊看邊跟旁邊的榮杰和博懷說話，但是其他兩位看得可入神。

「太神了、太神了……」榮杰看到瞠目結舌、目瞪口呆，只能不停的說這真是太神了。

炳昌沒有像榮杰和博懷他們看得那麼認真，可是他也完全無法想像得到，平常用來裝飲料的寶特瓶，竟然可以透過回收，再來做成軟綿綿的布，進而做成保暖的衣服。

等到影片播放完畢後，榮杰和博懷都用力的鼓掌，炳昌也就順著自己的同伴，一起鼓起掌來。

「謝謝三位小朋友的捧場，很高興你們喜歡。」師姐和其他現場的人員都非常高興。

「那麼硬的寶特瓶竟然可以做成衣服。實在是太神奇了。」榮杰看完後還繼續讚嘆。

「就是我手上拿的這個寶特瓶。」師姐解釋這個寶特瓶的底部有個阿拉伯數字的一，這是可以回收的寶特瓶。

「我知道，這我在公園看過，有很多穿藍衣服的人會在公園那邊整理回收來的寶特瓶。」博懷說跟媽媽一起去看過。

「是，那是我們的環保志工，他們很了不起，除了照號碼分類，還要去除瓶蓋和瓶環，再清洗寶特瓶，還要注意這些寶特瓶有沒有裝過化學物質。」師姐解釋再經過加工處理，他們已經做出幾十萬條的環保毛毯，送到世界各地的災區幫助受難的災民。

「已經送出這麼多？」

「寶特瓶變成毛毯。」

「還能夠幫助那麼多無家可歸的人。」

三位小男生開始討論起影片的內容，也不急著離開，頓時忘記他們還要去公園打彈珠。

# 10

# 分組活動

結果隔天上學，炳昌、榮杰和博懷三個人七嘴八舌的跟同學們描述他們看到的影片，講得好不得意。

「可是……」惠敏若有所思的想著。

「妳又要哭了？」炳昌小小的取笑惠敏。

「周炳昌，你欠扁喔？」惠敏聽到炳昌揶揄她上次哭的事情，就狠狠的瞪了炳昌一眼說：「你去看電影的地方，那裡不都是你最討厭的人？」

「哪有？」炳昌一頭霧水的問惠敏。

「你不是最討厭吃素的尼姑？每次都拿這件事罵我們女生，只要吃素食營養午餐的時候就一直唸，你去看電影的地方最多的就是吃素的尼姑。」惠敏覺得炳昌真是不長見識，連這種事都不知道。

「沒有！我在那裡沒有看到尼姑。」炳昌指責惠敏亂講話。

「她們都吃素。」惠敏信誓旦旦的說。

「有嗎？」炳昌轉頭問榮杰和博懷。

博懷點頭附和惠敏的說法：「我媽媽說她們是要吃素，所以她要等老一點再去。可是她們是吃素的師姊，不是吃素的尼姑。」

「反正就是吃素。」惠敏肯定的說。

「喔。」炳昌不甘願的點點頭。

這時候郭老師走進教室，跟同學們宣布這星期有一堂課，要跟五年六班的學長姐一起上。

「五年六班那天是家政課，我們一年六班是分組活動，正好在教師休息室遇到五年六班的導師謝老師，我們兩個商量好，讓兩班一起上課。」郭老師似乎非常滿意自己的安排。

「是我們班跟著別班上家政課嗎？」惠敏舉手問郭老師。

「是的！那天五年六班的學長姐要在家政教室上烹飪課，我們班就湊熱鬧一塊上。」郭老師開心的回答惠敏的問題。

「什麼是家政課？什麼又是烹飪課？」炳昌也舉手問老師。

「家政課是我們學校跟別的學校很不一樣的地方，通常大家是到國中才開始上家政課，可是我們校長覺得小學生也要在家幫忙做家事，就特別設計了家政教室。

至於烹飪就是平常煮飯、做菜的意思。」郭老師很有耐心的解釋給炳昌聽，一年六班的小朋友也都聽得很新奇。

「可是我不會煮飯，那是我媽媽做的事情，要把我媽媽找來一起上課？」炳昌似乎不明白。

「我也不會煮飯、做菜，那天我們就負責吃就好！」榮杰此話一出，全班都笑開。

「我阿嬤才不會讓我進廚房。」炳昌說阿嬤從來不讓爸爸進廚房，說那是女人才要去的地方。

「現在時代不一樣，我們校長就是覺得現在男女平等，希望能從小就讓同學，不分男女，都學習做家事。」郭老師說校長很堅持讓小朋友早點接觸家事。

「我們真的不會做菜，那上家政課的時候要怎麼辦？」炳昌說難不成要去家政家事發呆？

「我和謝老師說好，五年級的學長、學姐就當哥哥、姊姊，我們班的小朋友是弟弟、妹妹，那天的考題是假如爸媽不在的時候，當哥哥姊姊的人要從廚房找到東西，煮給弟弟、妹妹吃，就是最簡單的家常料理，而他們也要指揮弟弟、妹妹幫忙做家事，把這頓飯完成。」郭老師說這種情況，很多家庭都會發生，而且五年六班的學長姐已經上了一學期的家政課，也用過瓦斯爐，基本上做點簡單的菜色應該是不成問題。

「郭老師，那我們回家要先準備什麼？」琇琇很緊張的問郭老師，她對於不熟悉的事物總是比較害怕。

「琇琇不用擔心，那天我們只要人去就好。」郭老師打包票，都是些簡單的事情，最重要的是讓一年六班的同學參與。

「琇琇要小心，別把老鼠丟進鍋子裡面煮掉就好。」炳昌邊說，自己還哈哈大笑。

「我不會這樣對我的阿寶，絕對不會的。」琇琇有點生氣的對炳昌抗議，連聲音的分貝都比平常大。

「是啊！周炳昌，你真的很無聊。」惠敏也幫琇琇唸了炳昌。

「好吧！不要老鼠肉，換妳家小豬的豬肉好了！」炳昌這次笑得更大聲，連同學們都被他逗得樂不可支。

「不行，我們這次用的材料只有簡單的青菜豆腐，就是做青菜豆腐湯。」郭老師笑說老鼠和豬肉都不能丟進去，這樣違反規定。

「這是素食，正好可以算在減碳公斤數裡面。郭老師，這樣周炳昌可能不會去上課。」惠敏笑說炳昌聽到素食就不去。

「對耶！炳昌不要吃素。」

「那他會去上家政課嗎？」

「我們吃素食午餐時，他從來不願意吃。」

同學們聽到惠敏說的，也都非常好奇炳昌會不會去上這次的「素食課」。

「你們煩不煩？這是家政課又不是素食課，我為什麼不去上課？」炳昌抱怨著，覺得大家怎麼這麼無聊。

「是啊！大家一起去跟高年級的學長姐上課，要好好當他們的助手。」郭老師對同學們耳提面命的交代。

到了合併上課的當天，家政教室難得塞滿了兩班的學生，顯得格外擁擠，兩班的學生都異常興奮，郭老師和謝老師則是忙著留意一年級的小朋友，格外注意他們的安全。

兩班的學生總共分成十組，炳昌和榮杰、博懷跟另外三位學長同一組，等於這組全是男生。

大家互相介紹後，炳昌忍不住問一位五年六班的學長小寶說：「學長，你真的會煮菜嗎？」

小寶回答：「我們學了一學期，簡單的都沒有問題。」

「是啊！學弟不能小看我們。」綽號大眼的學長摸摸炳昌的頭。

「等等讓你們看看我們的厲害。」被大家稱為任三郎的學長說道。

「那我們要做什麼？」榮杰問學長們。

「現在我們缺鹽和醬油，要請你們三位去做營養午餐的中央廚房拿，平常在家，媽媽如果沒有這兩樣東西，小朋友也可以幫忙去買。」大眼學長是今天這一桌的主廚，由他發號司令。

「好的！」三位一年六班的小男生立正站好行舉手禮後，立刻出發到中央廚房，其他各組的小一學生也都出動。

「謝老師這個點子好，讓我們班的學生知道，家人做菜時，如果缺些什麼，小朋友要幫忙去買。」郭老師稱讚謝老師的點子好。

「這是從我兒子身上想到的，每次要他去幫忙買個醬油，他都說等一下，理都不理我。」謝老師笑稱這是她得到的教訓。

「是啊！學校如果教小朋友，他們就會比較願意做。小時候我爸媽說些什麼，我都不記得，但是老師說的，我可記得很清楚。」郭老師說這是她想當小學老師的原因。

然後看到之前出發的小一生陸續回來，手上好好的拿著醬油和鹽巴，等到他們都回來後，學長姐們也開始洗菜。

「原來菜還要洗喔？」炳昌從來不知道菜要先洗過才能吃。

「我也是第一次知道，以前都以為只有水果要洗，不知道青菜也要洗。」榮杰看著學長們熟練的洗菜，看得認真極了。

「今天是小白菜煮豆腐，小白菜要好好洗一洗，現在很多菜都有噴農藥，在吃之前要先洗乾淨。」任三郎學長解釋給三位小朋友聽。

「那我們現在要做什麼？」榮杰再一次問道。

「請將碗筷擺好，原本碗筷都放在烘碗機裡面，你們要算人數，把碗筷、湯匙放好，還要對齊喔！」小寶學長故作學長的派頭，好像指揮炳昌他們三個要去打仗一樣。

「我們總共有……六人。」算術好的博懷負責數人頭。

「那我拿碗。」榮杰說。

炳昌舉手說：「我要拿筷子。」

「好，那我就拿湯匙。」博懷說道。

「家政教室的餐具都是不鏽鋼做的，不用擔心摔破。」小寶學長要三位小學弟放心。

「如果摔得破，小寶學長有獎勵。」任三郎學長在一旁開玩笑的說。

三位小朋友很認真拿好餐具回來，在餐桌上開始排起來。

「要對齊啦！學長說要對齊。」看到炳昌的筷子有時候直放、又有橫放的，博懷忍不住提醒他。

「都放直的好了。」榮杰說大部分筷子都是直放。

這時候的炳昌已經滿頭大汗、開始不耐煩的嚷嚷：「這裡好熱喔！可以開冷氣嗎？」

「家政教室沒冷氣。」大眼學長對炳昌說。

「喔！要熱死我們嗎？」炳昌說自己好像在火爐一樣。

「媽媽平常在家煮飯也是很熱，瓦斯爐起火煮菜，本來就比客廳熱。」郭老師走過來，聽到炳昌的話，就跟大家這麼說。

「根本不是在煮菜，而是在煮人。」炳昌伸出舌頭，像隻小狗的坐在椅子上，他現在才知道在這種天氣，煮頓飯熱得要命。

「真的。我開始上家政課，才知道平常媽媽煮飯這麼辛苦。」掌廚的大眼學長頗有同感的說。

「上過家政課後，我回家就會自動幫媽媽的忙。」小寶學長對三位小學弟這麼說明。

「可是阿嬤一定不讓我進廚房。」炳昌說阿嬤常講，男人要在外面賺錢，回家還要做家事，沒有這種道理。

「可是我爸爸說，現在時代不同了，男女都要分攤家務。」任三郎學長要炳昌慢慢開導阿嬤。

「是啦！阿嬤是很聽我的。」炳昌心想，跟阿嬤說這件事，可能會花上很多時間。

「我們上學本來就是要學習新觀念，把新觀念帶回家裡跟家人分享。」大眼學長說這是校長常常提醒同學的事情。

這時候大眼學長邊說話，邊把豆腐放進湯裡面，說要讓豆腐多滾一下才會入味、好吃。

「等到我五年級上家政課，我也會像學長一樣，就會煮菜了？」炳昌好奇的問學長。

「是啊！以前我都不會，現在會簡單的，上次回家還幫忙媽媽做菜，媽媽感動到快哭出來。」大眼學長一笑，原來大大的眼睛都瞇起來。

「我也是。」小寶學長點點頭。

「包括我。」任三郎學長同樣附和。

等到湯滾了許久，大眼學長看豆腐應該入味，他把小白菜放進湯裡面滾一下，白菜豆腐湯就大功告成。

炳昌跑到別組去串門子，看到惠敏、琇琇和美麗那組，美麗站在學姐旁邊幫忙，比別的同學參與的多。

「美麗，妳好厲害。」炳昌驚訝的說。

「我在家裡都是我煮飯。」美麗一臉沒什麼了不起的表情。

「現在天氣這麼熱，妳不是煮得滿頭都是汗？」炳昌一直嚷嚷著熱，這點他打從心裡敬佩美麗。

「習慣就好啦！」美麗酷酷的說。

「家政教室應該裝冷氣才對，這裡比教室熱多了。」炳昌繼續喊熱，還說他快要被烤熟了。

「裝冷氣很不環保。」一旁的惠敏搭腔。

「校長也這麼說。」做菜的學姐說，曾經有家長反應家政教室該裝冷氣，校長就是用這個理由否決掉。

「校長會不會在這裡不准裝冷氣，可是自己偷偷在辦公室裝冷氣？」炳昌開玩笑的說。

「沒有，校長不是這種人。」學姐正色的跟炳昌說。

「學姐不用理炳昌，他就愛這樣亂說。」惠敏看到學姐的臉色，馬上站出來幫腔。

「可以喝了！」大眼學長遠遠的對炳昌吆喝。

「我要回去我們那組。」炳昌正好有個藉口趕緊跑掉。

其他各組也差不多時間完成，一年級的小學生看起來比五年級的同學興奮，躍躍欲試想要喝看自己幫忙煮的湯。

「好好喝喔！」

「從來沒有喝過這麼好喝的湯。」

「下次還要跟學長姐一起做菜。」

一年六班和五年六班兩班學生品嚐著自己做的白菜豆腐湯，菜色雖然簡單，可是喝進去味道卻特別鮮美。

尤其是炳昌，這碗湯在他心裡產生的化學作用可大了……

# 11
# 圖書館

由於上家政課的反應太好了，兩班的級任老師郭老師和謝老師，覺得高年級和低年級的互動，比老師上課的諄諄教誨還來得有效，兩位老師就將兩班的分組活動再安排一下，湊成兩班一起去圖書館參觀。

「可是我們以前就去過圖書館，沒什麼了不起！」炳昌聽到郭老師分組活動的安排，他覺得很奇怪。

「你很好笑耶！圖書館又不是只去一次就好，圖書館是要常常去的地方。」惠敏已經恢復「火力」。

「為什麼不行？」炳昌也慣性的回嘴。

「對了！不說我還有點忘記，炳昌你有進行你選總統的讀書計畫嗎？」惠敏突然想起這件事。

炳昌立刻閉嘴，覺得惠敏哪壺不開提哪壺。

「哈哈哈！一定沒有。」惠敏非常得意，像是抓到炳昌的大把柄。

「可是我們這次去圖書館不是為了要讀書。」郭老師聽到惠敏和炳昌的談話，她笑著說道。

「妳看，妳雞婆！」炳昌對惠敏做出勝利的表情。

「去圖書館不讀書要做什麼？」惠敏覺得這完全出乎她意料之外。

「這是一個國立圖書館，他們雖然館藏很豐富，卻也常常辦很多展覽，這次我們要去參觀的是地球環保展。」郭老師說明。

「又是環保喔！」炳昌說現在真的很流行環保，大家都把這件事掛在嘴邊拚命說。

「說有什麼用？你又不做。」惠敏只要是對炳昌回嘴，她的反應都特別機靈、而且準確。

「是啊！你還是不肯吃素便當。」有位小女生也跟在惠敏的話後面，回話給炳昌。

炳昌本來很想罵回去那句「吃素的尼姑」，可是他自從看過慈濟師姐之後，就覺得這句話並不適合這樣說，就把說到嘴邊的話給吞回去。

「郭老師，是不是那個計算森林的環保展？」榮杰突然想起來，上星期跟啊公用家庭卡去借書，好像看到很多人都湊在那裡。

「榮杰看過了？有沒有覺得很好玩？」郭老師說就是那個地球環保展，她說校長去參觀過，覺得很適合小朋友去看，鼓勵學校的老師利用分組活動的時間，帶班上小朋友去。

「好像要使用電腦。」榮杰遠遠的看到，只有這個印象。

「對啊！就是那個，去過的人都說很好玩。」郭老師說謝老師提議，高年級的學長姐對於操作電腦比較熟悉，兩班一起去，五年六班的學生可以幫忙一年六班使用電腦。

「讓五年六班的學生學習照顧學弟妹，這也是件好事。」謝老師當時是跟郭老師這樣提。

「太棒了，又可以跟學長姐一起參加課外活動。」琇琇說上次跟他們一起煮湯，她覺得很開心。

「學姐說美麗很棒，才一年級就會做那麼多家事。」同一組的惠敏也補充琇琇的說法。

「學姐還說，誰家有美麗這樣的女兒真是福氣。」琇琇說她有聽到學姐說這句話。

結果琇琇這句話一說出來後，美麗就像上次惠敏一個樣，趴在桌上哭了起來……

「這次不是我喔！我可沒有說美麗在我的便當盒放沙子，不是我、不是我……」炳昌連忙撇清，美麗的哭泣跟他一點關係也沒有。

「還是你有說她是吃素的尼姑？」榮杰側著頭低聲的問炳昌。

「沒有、沒有，我很久沒說這句話。」炳昌連忙喊冤。

美麗哭得難過極了，大家怎麼勸她不要哭都沒辦法。

「美麗，妳怎麼了？要不要跟我們說說看？」郭老師走到美麗的旁邊，蹲下來問她。

「沒有，我只是很難過，跟同學都這麼好，下學期卻要轉學，突然覺得很難過。」美麗哭著說道。

「美麗，妳不要哭，看妳哭了，我也好難過、也好想哭喔！」琇琇邊說，眼眶也跟著紅了起來。

「大家不要搶著哭，其實美麗雖然轉學，但是那間新學校離我們學校算是近的，或許我們也可以用和五年六班一起上課的模式，跟美麗的新班級一起合作分組活動或是戶外教學，這樣不是很好？」郭老師連忙勸著班上的小朋友，要不然情況看起來哭的人愈來愈多。

「真的嗎？真的可以這樣？」本來快哭出來的琇琇聽到郭老師的說法，她突然被轉移了注意力。

「是啊！不過你們要在分組活動的時候表現得好一點，如果大家到學校外面都很遵守秩序，郭老師就比較可以安排多一點的戶外教學活動，要不然到外面去吵鬧讓別人看到，不是丟臉丟到學校外面？」郭老師趁機機會教育，希望小朋友在校外要表現得好一點。

「周炳昌，你到圖書館的時候要乖一點，不要到處搗蛋。」惠敏嚴正的對炳昌說道。

「為什麼就要我不要搗蛋？我又沒有準備到圖書館去搗蛋。」炳昌說這樣很不公平。

「可是只要你乖乖的，我們班就沒什麼事。」惠敏說這是根據她的「經驗」說的。

「好了，我們不要爭吵，只要出去外面表現得好一點就好。」郭老師出來打圓場。

到了分組活動那天，郭老師把一年六班的同學帶到五年六班的教室外面，先跟他們會合。

「嗨！炳昌、榮杰、博懷，你們好！」大眼學長很主動的跟上次同組的小學弟們打招呼。

「按照上次家政課的分組，總共十組，學長姐和學弟妹趕緊找到彼此，一起團聚。」謝老師宣布著。

就看到五年六班的走廊好不熱鬧，高年級和低年級的小朋友忙成一團，互相找尋對方。

「好了！找到就排好隊，並且認清同一組的同學，在參觀圖書館的過程中都不要分開。」郭老師特別請五年六班的大哥哥、大姊姊幫忙，要多留意一年級的小朋友。

這兩班人就浩浩蕩蕩的走到那間國立圖書館，那間圖書館的設計非常有趣，雖然是國家單位，可是整個規劃當初在一開始就以融入當地環境為主，而且圖書館本身座落在一座公園裡面，很多人會在公園做完運動後，順便走進圖書館看書，算是少數使用率非常高的圖書館。

「這間圖書館滿奇怪的！有點不一樣。」博懷瞠目結舌的說。他看到一個包尿布的小娃娃從他旁邊經過，過一會兒，他阿公就氣喘吁吁的從後追上來，要小娃娃跑慢一點。

「我阿公說，像現在天氣熱，有不少人會跑來圖書館吹冷氣。」榮杰上次跟阿公來時，也覺得圖書館裡人有夠多。

「這樣算不算環保？就是不要開自己家的冷氣，跑來圖書館吹冷氣。」博懷很認真的問道。

「這應該算省電費吧！」大眼學長笑著說。

「可是……只要有省到電費，就是節能減碳的表現，不是嗎？」任三郎學長有不同的意見。

「很煩耶！當不環保天龍人算了！」炳昌覺得這樣「斤斤計較」減碳數，他已經快煩死。

「什麼？你說什麼？」同組的其他人，除了榮杰以外，大家都不明白的問炳昌剛剛說了什麼名詞。

「沒事！沒事！」炳昌心想，他才不要提醒大家，他有可能是那個不環保天龍人。

「呵……」只有榮杰捂著嘴直笑。

「你們兩個有什麼祕密沒告訴我？」博懷覺得他被撇棄了，連忙追問炳昌和榮杰。

「不行，不行，這是不能說的祕密。」炳昌乾脆自己捂著自己的嘴巴，表示他不能說。

博懷去搔榮杰的癢，希望怕癢的他會說出實話……

「不能說、不能說，這是不能搔的祕密。」榮杰咯咯的笑個不停，可是仍然堅持不說。

博懷拿出他拿手的用小小的三角眼瞪人的功力，瞪得三位學長都直打哆嗦了……

「學長，不要害怕，他這個人面惡心善，只會瞪人，其他什麼都不會。」榮杰連忙解釋給學長們聽。

「面惡心善是什麼意思？是長得很醜的意思嗎？」炳昌好奇的問，博懷又瞪了他一眼。

「就是外表很兇，可是內心很善良。」榮杰知道只要四個字的成語，炳昌應該都不知道，為了讓這位未來的總統水準好一點，榮杰很有耐心的解釋。

「聽我們謝老師說，總統也有來參觀過這家國立圖書館，玩過這個電腦遊戲！」小寶學長提到。

「到底是什麼電腦遊戲？」小一男生都對電腦遊戲很有興趣。

「其實是電腦教學遊戲，比較益智類，就放在圖書館的大廳。」任三郎學長聽別班同學說過，他們已經來參觀了。

「跟我想的電腦遊戲都不一樣。」炳昌有點失望，在他心目中的電腦遊戲，是那種打打殺殺的。

「可是每個人都會拿到一張結算單，我看隔壁班的同學都拿結果比來比去。」大眼學長也說看起來滿好玩的。

結果圖書館的大廳來了一堆學生，由圖書館管理員教大家如何使用，高年級的學長姐也會幫一年六班的小朋友操作，一下子大廳就熱鬧得不得了，

「我一年等於保護了五十坪的森林。」搶在前面玩遊戲的惠敏，拿到結算單很高興的歡呼。

原來這個電腦教學遊戲是讓使用者輸入一些平常做的環保項目，然後經過計算，換算成減碳量，又計算等於一年減少砍伐多少坪數的森林。

「美麗是兩百坪耶！」琇琇看到美麗結算出來的清單，非常不可思議的驚呼著，兩班學生都為她鼓掌。

大家都爭先恐後的要去算自己得到的清單數值，只有炳昌默默的在一旁觀看，他很認真的學習要如何操作那台電腦。

「炳昌，要不要我幫你使用電腦？」大眼學長在打出自己的清單後，好心的問炳昌。

「不用！我想自己操作。」炳昌搖搖頭。

「好，那我先幫博懷敲數據。」大眼學長心想炳昌應該是自己想玩，也就跳過他，幫其他兩位小一男生先操作。

圖書館的大廳，學生們都熱切的討論自己到底保護了多少坪的森林，互相看對方的那張小紙條……

「美麗到現在都是第一名，一年兩百坪是最高。」美麗同組的學姐對美麗得出的數據嘖嘖稱奇。

「大部分的人都跟我一樣，是五十坪左右。」惠敏看了很多同學的紙條，她說大家都是在一百坪以內。

「我聽隔壁班的同學也是這麼說，都是落在五十坪到一百坪的中間。」大眼學長拿著自己的紙條這麼說。

「那我的五十坪算是低的？」惠敏邊說邊覺得不好意思，她說回去再跟媽媽討論，要盡量減碳。

趁大家都在討論的時候，炳昌迅速把自己的資料打進電腦，當跑出結論的紙條後，炳昌又迅速的把這張紙條塞到口袋裡……

「炳昌，你是幾坪？讓我看一下。」博懷看到炳昌也拿到紙條，他很興奮的問炳昌。

「我也是五十坪。」炳昌沒有拿出字條，不過說他自己是五十坪。

「我也是！」博懷拿他的字條給炳昌看。

「喔……好……」炳昌點點頭。

「可是，你的字條呢？」博懷要炳昌拿出來給他看一下。

「這有什麼好看？大家都一樣。」炳昌翻了個白眼。

「可是我的字條都給你看了。」博懷說這樣不公平。

「無聊！」炳昌哼的一聲。

「讓我看啦！」博懷的手想伸進炳昌的口袋，把他的字條翻出來，就在這個時候，琇琇走了過來……

「博懷，你是幾坪？」琇琇問起博懷。

博懷的注意力立刻被他的「女神」琇琇給吸引過去，他看到琇琇的字條是一百坪，馬上堆滿好話誇讚琇琇。

「好險！」一炳昌低聲的說，很高興琇琇即時的把博懷拉走。可是……

炳昌皺著眉頭，把手放進褲子口袋裡，摸了摸那張字條。

# 12 禮物

五年六班和一年六班兩班學生都得到電腦數據後，謝老師和郭老師帶大家走出圖書館。

謝老師要大家依照分組站好，在圖書館大門口，同學們還是興奮的討論著自己保護的森林坪數……

「謝老師來問大家，保護森林的坪數是五十坪到七十坪的請舉手。」謝老師大聲問道，結果大多數人都舉手，炳昌、榮杰、博懷和惠敏都在這個區段舉起手來，連炳昌這組三個五年六班的學長都舉手。

「原來大家都差不多。」榮杰這麼說。

「就是啊！」博懷也點點頭。

「是呢！」炳昌低聲的說。

結果兩班人裡面，保護森林坪數最高的第一名是兩百坪的美麗，第二名為一百坪的琇琇。

「我們五年六班的學長姐要加油，人家才小學一年級，我們全班都比不上人家。」謝老師故作害羞狀。

「等等回去，我和謝老師要準備一份神祕禮物給美麗和琇琇，等等回到學校會頒獎給兩位同學。」郭老師很開心的宣布這個消息。

「為什麼不早點講？」博懷在一旁抗議，他說早知道如此，就把數據打得高一點，那麼得出來的坪數也比較高。

「就是怕你們會這樣，為了讓大家誠實做答，當然要先保密有神祕禮物。」郭老師老神在在的說。

「啊！」

「好可惜。」

「怎麼不早說。」

兩班學生都有點扼腕，不過大眼學長笑說：「說不定謝老師跟郭老師的禮物很爛，我們不用難過。」

「一定讓你們跌破眼鏡。」謝老師笑說。

「到底是什麼禮物？」榮杰好奇的問。

「是啊！炳昌你都不好奇？」博懷在一旁問炳昌。

「喔！是啊！」炳昌有氣無力的說道。

「炳昌，你今天不舒服？」榮杰有點擔心的問炳昌，他覺得炳昌來圖書館之後就有氣無力的。

「沒有，可能太熱。」炳昌意興闌珊的搖頭。

兩班人又浩浩蕩蕩的走回學校，大家先在川堂的階梯上坐著，等謝老師和郭老師去拿禮物。

「天啊！竟然是小筆電。」眼睛比較尖的學長，遠遠的看謝老師和郭老師各拎著一台小筆電過來。

「太豪華了！」博懷羨慕的說。

「是啊！」

「老師都不早講。」

「為什麼不是我的？」

學生們這下子更為扼腕，琇琇和美麗則是手拉著手高興到都快飛起來了。

「這是學校的家長會送給老師們的禮物，每位老師一台小筆電。」謝老師開了個頭。

「我和謝老師本來就有一台大筆電，想說不要浪費，送給有需要的學生也是環保的作為，就想當成禮物送給這次保護森林分數最高的兩位同學。」郭老師解釋給大家聽。

「不公平，我也要。」有學長在鼓譟。

「對啊！我們也不知道他們兩個是不是誠實的輸入資料。」另外有學生附和這樣的說法。

美麗和琇琇手足無措起來，不知道該如何是好？

「這真的很公平，我們班的同學都知道美麗和琇琇平常就很環保。」惠敏班長很有正義感的替她們兩位說話。

「是這樣沒錯。」

「學長不認識她們。」

「惠敏班長沒說錯。」

一年六班的同學也紛紛同意惠敏班長的說法。

「謝老師有聽郭老師說過，在上課提到減碳一公斤，美麗和琇琇同學都很認真去做。」謝老師也附和。

於是郭老師和謝老師很開心的把小筆電當成禮物頒獎給美麗和琇琇，所有的人都很有風度的拍起手來。

「我有電腦了！」琇琇開心的抱著小筆電又叫又跳。

美麗又快哭起來……

「美麗，妳快變成李琇琇了，以前我們班最愛哭的人是李琇琇，現在換成妳。」榮杰笑著對美麗說。

「很謝謝大家這麼幫我！」美麗感動的說，硬是把眼淚給吞了進去，不讓它們掉下來。

「喔！不是喔！我們不是幫妳，是妳幫助了地球。」謝老師「指正」美麗的說法，她說現在保護地球是刻不容緩的事情，也是每個居住在地球上的人民應該做的行為。

「是啊！美麗，這是妳應該得的。」郭老師也要美麗安心的把小筆電拿回家去

使用。

「可是用電腦也很不環保啊！」有學長挑戰謝老師和郭老師，他說用電不是一種浪費能源的行為？

「就知道有學生這麼說，我和郭老師早就討論過。」謝老師非常開心的亮出底牌。

「我去買了小型的太陽能充電器，這樣美麗和琇琇在使用電腦時，也不會增加家裡的用電量，這是潔淨能源。」謝老師得意洋洋的說。

「有這麼棒的東西？」琇琇說她沒聽過。

「老師也是最近才聽謝老師說的。」郭老師坦承。

「琇琇可以借我們看一下太陽能充電器嗎？」榮杰很喜歡新知，馬上就想玩玩看。

「那我教大家如何使用好了。」謝老師打開琇琇的太陽能充電器，把一塊銀色的板子放在有光線的地方說：「只要把這片太陽能扇葉放在有光線的地方，充電器就會自動充電，充飽後再把小筆電的插頭接在這裡，大概就可以連續使用四、五個鐘頭。」

「完全用不到家裡的電，這樣也會省到電費。」郭老師說這東西看起來不錯，她都想買來用。

「可是，我還不太會用電腦。」琇琇不好意思的說。

「沒關係，我可以教妳。」惠敏班長說道。

「那也教我，我也還不會。」美麗問惠敏，惠敏很豪氣的說，這當然也沒有問題。

美麗和琇琇抱著小筆電如獲至寶，謝老師和郭老師也覺得自己這份禮送得真好，簡直送到學生的心坎裡。

這整個過程，炳昌都默默的不說話，當天放學回家，榮杰非常擔心的問炳昌：「你是不是生病？」

「沒有。」炳昌搖搖頭。

「可是你看起來很不好，都不太說話。」榮杰不知道他這位好同學怎麼了？跟平常都不一樣。

「榮杰啊！」榮杰的阿公、阿嬤遠遠的呼喚著榮杰的名字。

「你們怎麼會來？」榮杰開心的問。

「阿公說要去圖書館還書，想說到你們學校的路上，如果遇到你我們就一起去，還書後還可以在圖書館旁邊吃飯。」榮杰阿嬤說道。

「炳昌，那我跟阿公、阿嬤走了！」榮杰跟炳昌揮揮手，他還興奮對阿公、阿嬤說：「今天我們有去圖書館，等等我教阿公和阿嬤用那個電腦，可以算出你們一年保護的森林坪數。」

炳昌低著頭繼續往回家的路上走著，他一個人幽幽的說：「這下子，我真的變成不環保天龍人了。」

炳昌把口袋的紙條拿出來，就看到上面顯示的數據是……

十坪。

「十坪，大概全校都沒有人有這麼低的坪數，我一定不能讓別人知道這件事，要不然我的名字就不叫周炳昌，會變成不環保天龍人。」炳昌邊說邊想，小學一年級的同學都很「惡毒」，一定不會放過這個嘲笑他的機會。不過，炳昌忘記了，平常最愛取笑人、給別人取綽號的就是他。

回到家後，炳昌在房間裡想了一下，他趕緊走下樓到廚房去……

「你在做什麼？」媽媽看到炳昌走進廚房，她驚訝的問道，因為她很少在廚房看到炳昌。

「我要幫忙拿碗筷。」就看到炳昌準確的拿出五個碗放在餐桌上，還回過頭來繼續拿筷子和湯匙。

「我的寶貝孫，趕快去樓上寫功課，不要在廚房待著。」阿嬤看到炳昌在幫忙拿碗筷，要他趕緊上樓，廚房不是男生應該待的地方。

「炳昌自己主動幫忙做家事，阿嬤應該稱讚炳昌才對，怎麼可以要他不要做？」剛回家的爸爸看到這一幕，力勸自己的母親讓孩子幫忙做家事。

「我什麼時候讓你在廚房了？」阿嬤堅持自己的想法，覺得兒子簡直就是莫名其妙。

「媽媽，時代變了。」爸爸對阿嬤這麼說。

「阿嬤，我們有上家政課，老師都說要幫忙做家事。」炳昌說同學們也都會幫忙。

「有這種事？」阿嬤不相信的反問。

「是的。」炳昌認真的點點頭。

「今天要幫你準備便當，等等我把便當拿出來，我們一起夾菜。」媽媽從廚房走出來說。

「我……我不要帶便當。」炳昌囁嚅的說。

「可是你如果不帶便當，你就要吃素食營養午餐嚕。」媽媽不解的望著炳昌，心想他怎麼了？

「我要開始吃素食營養午餐。」炳昌用力的說明。

「發生什麼事情？」媽媽好奇的問。

炳昌不好意思的從口袋拿出那張字條說：「我現在變成不環保天龍人！真的很丟臉。」

「這是什麼？」剛走過來的阿公拿著字條問炳昌，炳昌把今天去圖書館的行程說一遍給全家聽。

「你說全部的人最低分數的就是你？」媽媽問炳昌。

「是啊！所有的同學都是從五十坪開始，只有我是十坪，還好沒有其他人知道我是十坪。」炳昌難過的說。

「這也沒有什麼丟臉？」阿嬤不捨的安慰炳昌。

「阿嬤，這真的很丟臉，現在不環保和不幫忙做家事都很丟臉。」炳昌認真的跟阿嬤說時代不同了。

媽媽在心裡暗自的想：「這個郭老師很會教，竟然有辦法把小朋友教得這麼好。」可是媽媽礙於阿嬤，一個字都不敢吭。

「你真的要吃素食營養午餐？」媽媽再問炳昌一次。

「是。」炳昌用力的點點頭。

「一個禮拜少吃兩頓素食，一年下來就差很多，我保護森林的坪數就差在這裡。」炳昌說他認了。

「好啊！那我等等去跟郭老師說，你要開始吃素食營養午餐，請她明天要記得幫你準備一份。」媽媽立刻去打電話。

「等等吃完晚飯我也要幫忙洗碗。」炳昌說道。

「不用啦！我的寶貝孫，你乖，讓你媽媽去洗就好。」阿嬤連忙要炳昌不用這麼做。

「可是五年六班的謝老師有說，媽媽不是我們的傭人，大家都要幫忙做家事。」炳昌堅持。

「這樣說起來，看你這樣，我也不好意思不幫忙。」爸爸說他會跟炳昌一起洗碗。

「而且我們不能用洗碗精，用自來水就可以。水還要用少一點。」炳昌說這都可以算進環保裡面。

「你好像被刺激到了？」爸爸有點好笑的望著炳昌。

「我不能當不環保天龍人，這樣我會沒臉上學啦！」炳昌聲明這實在是丟臉丟大了。

「可是碗盤如果很油，該怎麼辦？」阿嬤說不用洗碗精會洗不乾淨，這樣不是白洗碗。

「學校的家政教室有放苦茶籽粉，如果很油的碗盤只要用一點點粉就洗得很乾淨。」炳昌把學校廚房的方法解釋給阿嬤和爸爸聽。

「苦茶籽粉會不會很貴？」阿嬤問道。

「老師說比洗碗精便宜很多。」炳昌聽老師說，一大包是幾十元，可以用非常、非常久。

炳昌的媽媽這時候心裡又想道：「這真是我的好兒子，之前跟婆婆說要用苦茶籽粉，她就說洗不乾淨，現在孫子這麼說，她老人家就從善如流。」炳昌媽媽想到這裡，嘴角還泛起淺淺的微笑。

# 13

# 犯人

第二天到學校，炳昌並沒有跟其他同學說他會吃素食營養午餐，不過到了中午，炳昌坐在位置上並沒有要去拿他自己便當的意思。

「炳昌，你有要去拿便當嗎？」美麗和琇琇走過來一起問道。

炳昌很有警覺性的反問：「妳們問這個話是什麼意思？」炳昌心想，她們兩個一定是要笑自己開始吃素的事情。

「我們是想，假如你有空的話，我們有事情要跟你說。」美麗不好意思的低著頭。

「什麼事？」在一旁的榮杰也湊過來問。

「有什麼了不起的事？」連博懷都走到炳昌的旁邊。

「你們可以不要過來嗎？」美麗困窘的望著榮杰和博懷。

「沒關係，他們兩個是我的好朋友，我什麼事情都會跟他們說。」說到這裡，炳昌在心裡小小聲的說了一句：「只有十坪那件事不會跟他們說。」

「真的要這樣嗎？」美麗低聲說道，而且她愈說，圍在她和琇琇旁邊的人愈來愈多。

「美麗，沒關係啦！是我們做錯，乾脆一次跟同學們說清楚好了。」琇琇臉都紅了。

「到底怎麼了？」炳昌愈想愈奇怪。

於是美麗和琇琇一起站好，跟炳昌鞠躬好好的說了一句：「對不起，炳昌，真的很對不起。」

「對不起？」炳昌聽得一頭霧水，其他同學也是。

「是這樣的，是……是我們兩個把炳昌的便當換成沙子。」美麗非常不好意思的說出這個真相。

「竟然是妳們兩個？」炳昌不敢相信。其他同學也覺得不可思議……

「怎麼會是美麗和琇琇？」

「看起來不像。」

「她們兩個都是很膽小的人！」

同學們窸窣的說道，美麗和琇琇的頭愈來愈低。

「為什麼妳們要把我的便當換成沙子？」炳昌一直很想抓到犯人，他想親耳聽犯人說明這到底是什麼原因？

「因為你之前一直罵我們女生，我們兩個本來是好玩，只是嚇嚇你，我就從家裡拿了舊的便當盒，裡面裝滿了沙子，把它跟你正在蒸的便當盒給換過來，現在我把你原本的便當盒還你。」琇琇拿出一個便當盒給炳昌。

「可是……」炳昌看著便當盒，還是一頭霧水。

「妳們真的對炳昌那麼生氣？」博懷很難想像琇琇也參與其事。

「當時是對炳昌有點生氣，可是也沒那麼生氣，是想等炳昌發現他的便當盒被換過，當場就把他的便當還給他。」美麗囁嚅的說道。

「可是妳們當天沒有還給我啊？」炳昌不解的問。

「因為你非常、非常的生氣，我們當場也不知道該怎麼跟你說。」琇琇說她跟美麗有點被炳昌的反應嚇到，也不知道該怎麼還炳昌的便當。

「就讓我一直懷疑惠敏？」炳昌心想他慘了，這下子懷疑錯惠敏，她根本不是那個換便當的人。

「我就說我不是吧！」惠敏倒是沒有生琇琇和美麗的氣，只是很得意的在炳昌

面前示威。

「妳們為什麼不早點說？現在又跑出來說這件事。」炳昌覺得這兩個女生很奇怪。

「昨天我們兩個拿到小筆電，兩個人都很高興，可是一直覺得這件事讓我們心裡怪怪的……」琇琇說明著。

美麗接著說：「這學期快結束，我也要轉學，很怕再不告訴你，就再也沒有機會。」

「請你原諒我們。」美麗和琇琇又再次跟炳昌說對不起。

「這實在是……」炳昌有點不知從何說起。

「你是男生，男子漢大丈夫應該原諒別人！」博懷拍了一下炳昌，要他接受美麗和琇琇的道歉。

「是啊！周炳昌，你這個人也要檢討一下，要不是因為你一直罵我們女生，琇琇和美麗也不會這麼做。」恢復清白的惠敏，逮到這個機會，也要好好的訓勉一下炳昌。

「妳們都沒有跟惠敏商量？」炳昌好奇的問美麗和琇琇。

「沒有，剛開始是好玩，後來發生事情，你一直懷疑惠敏，我們兩個也不知道要如何跟惠敏說，實在也要跟她說聲對不起。」美麗和琇琇這時候又轉向惠敏跟她鞠躬、道歉。

「沒關係，我跟炳昌不一樣，我原諒妳們。」而且惠敏還跟美麗、琇琇抱在一起，反而像是發生了好事一樣。

「我又不是小氣的人，惠敏亂說話，我也願意原諒妳們。」炳昌大聲的說他接受美麗和琇琇的道歉。

「我們下次不會再把你的便當換成沙子。」美麗和琇琇跟炳昌再三保證，絕對不會有同樣的事發生。

「也不會有下次。」炳昌口裡說道，心裡想著，反正他也要吃素食營養午餐，再也不會遇上這種事。

這時候素食營養午餐送來，同學們陸續去拿自己的餐盒……

等到唸完惠敏班長規定的感謝詞後，大家開動了，惠敏像是發現新大陸的喊

著：「周……炳……昌……」

同學們頓時全發現炳昌開始吃營養午餐！

「對！對！對！我也吃素食營養午餐，這樣可以不可以！」炳昌沒好氣的對全班同學說。

「你是哪根筋不對？」惠敏驚訝的問。

「我沒有，只是不想當不環保天龍人。」炳昌大聲的說，這麼一說後，他突然發現自己說錯話。

「什麼是不環保天龍人？」惠敏問道，還有其他的同學也窸窣的說，從來沒聽過這名詞。

「你們不知道？不環保天龍人就是現在很有名的名詞，你們都沒有讀書嗎？」炳昌睥睨的說。

「不環保天龍人？這是從哪本書裡頭跑出來的？」惠敏開始很好奇的研究這個名詞。

「不環保天龍人就是不環保到了極點的人，已經不該叫做人類。」炳昌得意洋洋的說。

「你怎麼會知道？」惠敏心想炳昌會去唸書，這真的是奇了。

「因為我以後要當總統，我要充實我自己。所以發現這麼有學問的字。」炳昌正色說道。

「你真的去讀書發現的？」惠敏萬般不能理解。

「怎麼樣？以後我選總統，大家要投我一票！」炳昌站在椅子上跟大家做謝票狀。

「我不相信你真的會去讀書。」惠敏堅持著。

「好啦！好啦！是我的麻吉湯榮杰先生，他很有學問，從書裡面看到告訴我的。」炳昌鄭重的介紹榮杰。

「這是從什麼書上來的？」惠敏知道榮杰愛讀書，對他詢問，口氣也客氣了許多。

「我……我……」榮杰開始結巴起來。

「湯榮杰，沒關係，把你的知識說給他們知道，他們平常都不讀書的。」炳昌得意的催促著榮杰。

「周炳昌，請原諒我！」這次換榮杰跟炳昌鞠躬、道歉。

「為什麼要原諒你？」炳昌覺得今天真不知道是什麼好日子？大家都來跟他鞠躬。

「我騙了你！」榮杰低著頭說。

「騙我？」炳昌囔囔說道。

「那是我編的！」榮杰不好意思的說。

「什麼是你編的？」炳昌還在迷惑當中。

「不環保天龍人這個名詞，是我編出來騙你的！」榮杰非常靦腆的對炳昌說出實相。

「為什麼？」炳昌大叫著。

「哈哈哈！可能榮杰看到你就發明出不環保天龍人這個名詞。」惠敏笑得可大聲。

「你這個傢伙！」炳昌做勢要揍榮杰的樣子。

「別啦！炳昌別生氣！」博懷上前要拉炳昌。

「哈哈哈……我也是騙你們的！」炳昌說他沒有要揍榮杰啦！還好是榮杰發明了這個名詞。

「為什麼要謝謝我？」榮杰不明白的問道。

「要不是有不環保天龍人，我也不會想通。」炳昌這麼說。

「你想通什麼？」榮杰反問。

「可能是因為這樣，炳昌才想通要吃素食營養午餐。」博懷推測的說給同學們聽。

「是！」炳昌很爽快的答應。

「真的嗎？那是我隨便編的，竟然這麼有用？」榮杰說他順口亂說，隨便湊幾個字在一起。

「既然大家都說了實話，那我也要跟大家對不起。」炳昌邊說還邊跑到講台上面。

「對不起大家。」炳昌跟全班同學鞠躬、道歉。

「為什麼又換成你要對不起？」榮杰不明白的問炳昌。

「我昨天跟大家都說謊了，其實我保護森林的坪數只有十坪。」炳昌在講台上坦承。

「十坪？」

「這超級低的。」

「有這種分數嗎？」

一年六班的同學都覺得不可思議極了，竟然有這種分數。

「因為實在是太低，我怕變成榮杰說的不環保天龍人，就決定要開始吃素食營養午餐，這兩餐可以保護的森林其實很多。」炳昌在講台上不好意思的說明，他實在覺得很丟臉。

「難怪你昨天都怪怪的，我還以為你是身體不舒服，不知道是得到十坪的原因。」榮杰笑說。

「請大家原諒我，在五十坪和七十坪當中還舉手。」炳昌說他本來想混過去就好，那裡人最多。

「大家都說出來就沒事！其實我之前老早就想跟你說不環保天龍人是我編的，今天說出來真的很輕鬆。」榮杰說道。

「我也是。」美麗點點頭。

「真的應該早點說。」琇琇稱是。

「說實話的感覺真好。」炳昌在講台上笑著說。

「那我們快點吃午餐吧！」惠敏班長提醒大家要趕快吃午餐，要不然等等就要收盤子。

「好！」

「今天發生很多事情。」

「解決了就好。」

同學們紛紛回到自己的位置上，吃起營養午餐。

「我要吃快一點。」榮杰在自己的位置上說道。

「為什麼？」炳昌問榮杰。

「我聽我阿嬤說，現在垃圾車經過的路線會改，等等午休前會經過學校後門，我要去看垃圾車。」榮杰說他小時候最喜歡看垃圾車。

其實垃圾車對很多小朋友都很有吸引力，一年六班的學生畢竟還是小朋友，有很多人、特別是小男生很喜歡看垃圾車。

「那我也要去。」炳昌說他也喜歡看垃圾車。

「今天還有環保回收車。」榮杰說會看到兩部車。

「我聽我爸爸說，在美國很多地方，垃圾車一個星期只會來一次，我們這裡很幸福，垃圾車一個星期只休息一天。」博懷說道。

「我小時候非常喜歡垃圾車，我爸爸還用V8拍垃圾車，只要我吵著要看垃圾車，爸爸就在電腦裡放給我看。」炳昌笑著說。

「垃圾車每天都會來，跑去看會不會有點無聊？」惠敏覺得男生這個行為有點奇怪。

「妳很奇怪耶！吃素的……」炳昌本來是想說「吃素的尼姑」，可是想到自己現在也跟著吃素，他就閉嘴。

「周炳昌，其實你如果不想當不環保天龍人，要從你的嘴巴先開始。」惠敏笑著說周炳昌最不環保的就是他的嘴巴，一天到晚亂罵人。

「真的嗎？」炳昌問道。

榮杰點點頭，博懷也點點頭。

「有這種事？」炳昌自言自語著。

# 14 與我有份

「可是我又不像湯榮杰一樣，常常罵髒話。」炳昌回家時，在飯桌上跟全家人說道。

「不是說髒話，可是罵人也不好。」爸爸對炳昌這麼說。

「而且你不是說，湯榮杰現在也不講髒話。」媽媽想起來，之前炳昌跟他說過這件事。

「是啦！」炳昌承認榮杰已經不太說髒話。

「環保也有包括嘴巴嗎？」炳昌好奇的問家人。

「當然囉！美化環境，不只是要撿外面的垃圾，也要撿我們嘴巴和心裡的垃圾。」媽媽同意的點點頭。

「什麼是撿我們嘴巴和心裡的垃圾？」炳昌覺得媽媽這樣的說法太高深，他根本聽不懂。

「假如有一家人每天不停的吵架，隔壁的鄰居也會覺得他們很吵，是在製造噪音，不是嗎？」爸爸解釋給炳昌聽。

「對耶！我們家巷子裡面有家人就是這樣。」炳昌想到那家人的畫面，的確像爸爸說的一樣。

「而且我們一直批評別人，別人悶在心裡也會反擊。」爸爸說這種事在辦公室天天都有。

「對啊！就跟美麗跟琇琇，她們兩個看起來平常都很溫和，沒想到會這麼做。」炳昌有點想不到。

「這不能怪我的寶貝孫，那兩個女生，這麼小就會反擊別人，也很不好。」阿嬤就是袒護炳昌。

「不能這麼說，我們把別人惹到想要放沙子進炳昌的便當，我們當然要先反省自己。」阿公比較跟爸爸、媽媽同個陣線。

「反正現在炳昌也開始吃素食營養午餐，就不會再發生這件事。」阿嬤說這也不是什麼大事。

「孩子這麼小知道反省，將來對他才是好事。」阿公大力的勸著自己的太太，不要儘說些好聽話。

「今天我同事借我一本很有趣的書。」吃完飯、洗完碗後，爸爸從公事包拿出一本書。

「啊！我聽過這本書，就是六角水結晶。」媽媽說她曾經聽別的太太談論過這本書。

「突然想到跟炳昌在飯桌上問的問題有關。」爸爸心有靈犀的說。

「都是一些彩色圖片。」炳昌好奇的說。

「是啊！他們是拿水的結晶照片做實驗，如果我們對水說好聽的話，水就會結晶得很漂亮。」爸爸說道。

「什麼是好聽的話？」炳昌反問。

「就是你好可愛！你真棒……像是這類的話。」爸爸解釋給炳昌聽，這時候阿嬤也把這本書拿去看。

「如果對水說負面的話，那些水的結晶就會很醜。」爸爸說裡面有很多照片都有拍出來。

「負面的話又是什麼？」炳昌問爸爸。

「你去死啊！或是很多髒話，罵人的話……等等之類的。」爸爸笑著說道，還翻到那些結晶的照片給炳昌看。

「就是我常常說的耶！」炳昌認真的想了一下。

「你看，連水都會結晶成這樣，更何況是人。」爸爸對炳昌耳提面命的說，要炳昌要注意。

「真的是這樣？」炳昌心裡有很大的疑問。

第二天炳昌到學校去……

「我也有看過那本書。」榮杰說那個水的結晶，他很早就讀過，覺得真得很神奇。

「那為什麼你之前還是一直說髒話？」炳昌好奇的問榮杰這個問題，他想榮杰不是看過書？

「呵……」榮杰不好意思的傻笑。

「可是，這是真的嗎？如果是我爸爸，他就會覺得要做實驗。」博懷拿出科學家的精神。

「要怎麼做實驗？」炳昌問博懷。

「我們去祕密基地那裡，找兩棵植物來做實驗好了。」博懷興沖沖的對兩位麻吉說。

「啊？」炳昌還是不理解。

「一棵是好話植物，另外一棵是壞話植物。」博懷解釋。

「就是一棵我們一直對他說好話，另外一棵我們一直罵他，這樣是嗎？」榮杰說這真的很妙。

「對，找兩棵差不多的植物。」博懷點點頭。

結果這三個小男生真的開始實驗，每天下課他們都用衝刺的速度，跑到祕密基地那裡。

「我們要公平，對一棵說兩分鐘好話，另外一棵就是兩分鐘的壞話。」博懷提醒另外兩位。

「可是說壞話比較容易，要想壞話的詞非常快。」炳昌說好話可能要先寫台詞才行。

「反正都可以啦！」博懷說只要兩邊的條件一樣，做出來的結果才會有參考價值。

三個小男生就這樣每堂課下課都積極的做好話和壞話的實驗……

「你們在做什麼啊？」惠敏、琇琇和美麗，實在是太好奇炳昌他們三個在做什麼，忍不住跟在他們後來一窺究竟。

炳昌他們就七嘴八舌的把這個實驗跟惠敏她們說明……

「你們做多久？」惠敏問道。

「快一個禮拜。」炳昌想了一下。

「可是……」琇琇說已經看出來是有差的。

「對耶！說好話的這棵樹長得綠油油的，壞話樹看起來有點死氣沉沉。」美麗也說用眼睛就看得出來。

「我們也這樣覺得，想說再做久一點，或許效果會更明顯。」炳昌開心不已的說道。

「這樣好殘忍喔！」琇琇有點不捨的看著壞話樹。

「會嗎？」炳昌說琇琇想太多。

「不要這樣做，好不好？」琇琇替壞話樹求情，說它真的很倒楣。

「如果我們開始對兩棵樹都說好話，你們覺得怎麼樣？」惠敏建議換個方法，看壞話樹會不會變得跟另外一棵一樣。

「這樣聽起來也很好玩。」

「好有趣的實驗。」

「好像值得一試。」

幾個小朋友聽到這個提議都躍躍欲試，於是現在下課後，不只是三個小男生，而是六個小一生用飛快的速度，跑到一年六班的祕密基地。

一個禮拜過去之後……

「這棵壞話樹也變成好話樹。」琇琇說兩棵樹都變成綠油油的，沒有枯萎的情況。

「這真的很神奇！」美麗開心的說，她喜歡什麼事情都跟她的名字一樣，非常美麗。

「原來真的會這樣！」炳昌對於這個結果，他感到非常震撼，這是他第一次看

到語言的力量。

「我要把這件事告訴其他同學。」惠敏一溜煙的衝回教室，把整個實驗跟同學說。

當天回到家裡，在吃晚飯後，家人一起看電視時，炳昌也把這個實驗告訴了全家人。

「以前小時候，阿嬤就聽家人說過，種東西要跟他們說好話，果樹才會長得好。」阿嬤說這一點都不稀奇。

「可是我是自己做實驗發現這件事，就感覺很特別。」炳昌想到祕密基地那兩棵樹，整個情況都歷歷在目。

「炳昌的爸爸那本書呢？」炳昌的媽媽問自己先生。

「我還給同事了。」炳昌的爸爸說整本書的道理很簡單，只是他很想看看那些圖片而已，看完就立刻還回去。

這個時候，電視上的新聞，突然播到一則新聞，提到的就是全世界減碳的問題……

「爸爸，這又是什麼？」炳昌問爸爸。

「這個是說，減碳已經是一個全球矚目的事情，每個國家都會規劃長期的減碳。」爸爸解釋給炳昌聽。

「那我們有嗎？」炳昌突然跟爸爸這麼說。

「台灣不是聯合國氣候變化公約與京都議定書的締約國啦……」爸爸說國際上是有在簽約，約定到某個年份，自己國家要承諾減碳到一定的公斤數。

「爸爸，我們沒有簽約，就不用做嗎？」炳昌好奇的問爸爸。

「也不是這麼說。」爸爸說得有點支吾其詞。

「爸爸，這真的很重要，我們每個人都要參加，都要去做才對。」炳昌非常認真的跟爸爸說。

「是啊！是啊！」爸爸答應著。

「炳昌的爸爸，你兒子是要求你要有積極的作為。」炳昌的媽媽笑著對自己的先生說。

「那你覺得要怎麼辦？」爸爸問炳昌。

「爸爸，你看連樹我們對它說好話都差這麼多，才一個禮拜就這麼有用。」炳昌很認真的對爸爸說道。

「是啊！那真的很棒。」爸爸點點頭。

「以前我都覺得老師也看不見我有沒有在做減碳，可是說幾句話都這麼有效，實際去做一定更有效。」炳昌這幾天一直在想這個問題。

「我的寶貝兒子真的要去做總統。」炳昌的爸爸開玩笑的對太太說。

「爸爸，我不是在開玩笑。」炳昌要爸爸認真一點。

「你兒子說你不要嘻皮笑臉的模樣。」炳昌的媽媽在一旁看著好笑，補充炳昌的說法。

「好吧！我的炳昌總統，你的政見是什麼？」爸爸用嚴肅的神情，認真的請教炳昌的看法。

「爸爸……我們要先從我們自己做起。」炳昌想了很久之後，突然冒出這句話來。

「是啊！是啊！」爸爸聽到這句話，喝到一半的水差點嗆到。

「老師貼在黑板上的減碳一公斤，我們都要認真做，榮杰說上面還有每天要回收一份報紙，這你要負責做，因為報紙都是你看的。」炳昌非常積極的告知自己的爸爸這件事。

「阿公也有在看報紙。」爸爸開玩笑的說。

「爸爸……不可以這樣……」炳昌認真的告訴爸爸，不要推給別人，老師說這不可以。

「好好好，我每天去回收一份報紙。」爸爸點點頭，媽媽則在一旁偷偷的笑得很開心。

「那還有呢？」媽媽問炳昌。

「嗯……我現在還沒有想到。」炳昌煞有其事的說。

炳昌此話一出，全家的人都笑開了。

「可是……」炳昌繼續認真的說道。

「我會去上學，學到新的知識，回來再跟你們說該怎麼做。」炳昌手插著腰、跟全家宣布。

全家人除了炳昌以外，其他人都忍住不要笑出來，炳昌不以為意的繼續發表聲明：「郭老師說，只要我們都抱著與我有份的態度來做事，什麼事就都可以做到，以後我選總統，這就是我的政見。」

這時候爸爸站起來鼓掌，其他家人也陸續站了起來……炳昌自信滿滿的也為自己鼓掌，大家都希望這個孩子，不管年紀多大，都能保持這樣一顆心……這顆在一年六班時候的心！

同班同學：05

# 便當盒事件簿

作　著◇謝俊偉
出版者◇培育文化事業有限公司
執行編輯◇王文馨
社　址◇22103 新北市汐止區大同路三段一九四號九樓之一
TEL（○二）八六四七—三六六三
FAX（○二）八六四七—三六六○
總經銷◇永續圖書有限公司
劃撥帳號◇18669219
地　址◇22103 新北市汐止區大同路三段一九四號九樓之一
TEL（○二）八六四七—三六六三
FAX（○二）八六四七—三六六○
E-mail yungjiuh@ms45.hinet.net
網址 www.foreverbooks.com.tw
CVS代理◇美璟文化有限公司
TEL（○二）二七二三—九九六八
FAX（○二）二七二三—九六六八
法律顧問◇中天國際法律事務所 涂成樞律師 周金成律師
出版日◇二○一二年四月


便當盒事件簿/ 謝俊偉著. -- 初版. --
新北市：培育文化，民101.04
面：　　公分. --（同班同學；05）
ISBN 978-986-6439-62-9（平裝）

859.6　　100016777

# 培育文化讀者回函卡

謝謝您購買這本書。

為加強對讀者的服務，請您詳細填寫本卡，寄回培育文化；並請務必留下您的E-mail帳號，我們會主動將最近"好康"的促銷活動告訴您，保證值回票價。

書　　名：便當盒事件簿
購買書店：＿＿＿＿市／縣＿＿＿＿＿＿書店
姓　　名：＿＿＿＿＿＿＿＿ 生　　日：＿＿年＿＿月＿＿日
身分證字號：＿＿＿＿＿＿＿＿
電　　話：(私)＿＿＿＿ (公)＿＿＿＿ (手機)＿＿＿＿
地　　址：□□□-□□
　　　　：＿＿＿＿＿＿＿＿
E-mail：＿＿＿＿＿＿＿＿
年　　齡：□20歲以下 □21歲～30歲 □31歲～40歲
　　　　　□41歲～50歲 □51歲以上
性　　別：□男 □女　婚姻：□單身 □已婚
職　　業：□學生 □大眾傳播 □自由業 □資訊業
　　　　　□金融業 □銷售業 □服務業 □教職
　　　　　□軍警 □製造業 □公職 □其他＿＿＿＿
教育程度：□高中以下(含高中) □大專 □研究所以上
職位別：□負責人 □高階主管 □中級主管
　　　　□一般職員 □專業人員
職務別：□管理 □行銷 □創意 □人事、行政
　　　　□財務 □法務 □生產 □工程 □其他＿＿＿＿

您從何得知本書消息？
□逛書店 □報紙廣告 □親友介紹
□出版書訊 □廣告信函 □廣播節目
□電視節目 □銷售人員推薦
□其他＿＿＿＿＿＿＿＿

您通常以何種方式購書？
□逛書店 □劃撥郵購 □電話訂購 □傳真 □信用卡
□團體訂購 □網路書店 □其他

看完本書後，您喜歡本書的理由？
□內容符合期待 □文筆流暢 □具實用性 □插圖生動
□版面、字體安排適當 □內容充實
□其他＿＿＿＿＿＿＿＿

看完本書後，您不喜歡本書的理由？
□內容不符合期待 □文筆欠佳 □內容平平
□版面、圖片、字體不適合閱讀 □觀念保守
□其他

您的建議：＿＿＿＿＿＿＿＿
＿＿＿＿＿＿＿＿＿＿＿＿＿＿

剪下後請寄回「22103新北市汐止區大同路3段194號9樓之1培育文化收」

請用膠帶黏貼

| 廣 告 回 信 |
|---|
| 基隆郵局登記證 |
| 基隆廣字第200132號 |

22103

新北市汐止區大同路三段194號9樓之1

# 培育文化事業有限公司

編輯部　收

請沿此虛線對折免貼郵票，以膠帶黏貼後寄回，謝謝！

為你開啟知識之殿堂